# Thanatose

Frédéric Bécourt

*« J'ai dit que Dieu n'a pas l'idée du mal. Il a inventé Béhémoth et Léviathan, et toutes les formes terrifiantes qui peuplent la nature et le monde de la vie, les poissons féroces, les insectes destructeurs. Il n'a pas inventé le mal moral et le péché. Ce n'est pas lui qui a eu l'idée de toutes les souillures et les abominations, les mépris crachés sur sa propre Face, les trahisons, les luxures, les cruautés, les lâchetés, les méchancetés bestiales, les perversions exquises, les dépravations d'esprit qu'il est donné à ses créatures de contempler. Elles sont nées du seul néantement de la liberté humaine. Elles sont sorties de cet abîme. Il les permet comme une création de notre pouvoir de faire le rien. Il les permet parce qu'il est assez fort, selon le mot de saint Augustin, pour faire tourner tout le mal qu'il nous plaira d'introduire dans le monde à un bien plus grand, — caché dans le mystère de la transcendance et dont rien dans la nature ne nous laisse conjecturer en quoi il peut bien consister. L'homme de foi, pour avoir un soupçon de sa grandeur, et s'en émerveiller, mesure la grandeur du mal qu'un tel bien surcompensera. »*

Jacques Maritain,
*Court traité de l'existence et de l'existant.*

*« Elle commençait de savoir que les absents ont toujours raison : ils sont ceux qui ne contrarient pas le travail de l'amour. Si nous regardons notre vie, il semble que nous ayons toujours été séparés de ceux que nous aimions le plus : c'est peut-être parce qu'il a toujours suffi qu'un être adoré vive à nos côtés, pour qu'il nous devienne moins cher. Ce sont les présents qui ont tort. »*

François Mauriac, *Génitrix*.

# *Première partie*

# 1

Les parents d'Alice sont là, Mina vient de me l'annoncer. Sa voix tremble de panique, je devine qu'elle est aussi gênée que moi. Qu'est-ce que je vais bien pouvoir leur dire ? Je ne me souviens pas de l'avoir vue tomber. Ni elle, ni les autres. Et puis, que vont-ils penser en découvrant mon visage intact, presque reposé ? Il me sera impossible de leur mentir, je le sais. Je ne suis pas blessé, pas même souffrant, je n'ai mal nulle part. Heureusement qu'on m'a posé cette perf', sinon je passais vraiment pour un con. Sans perfusion, on n'a pas vraiment l'air d'un malade à l'hôpital. Les autres patients vous dévisagent afin de déceler une pathologie honteuse et le personnel vous prend facilement pour un visiteur. Pour autant, et bien que mon état ne le justifie pas, j'ai tout de même l'impression de bénéficier d'une attention particulière depuis mon admission au pôle Neuro ce matin. Les médecins se pressent pour me voir, les infirmières me couvrent d'amabilités... Il y en a une en particulier, une brune un peu boulotte, de l'âge de ma mère. On dirait qu'elle est émue aux larmes chaque fois qu'elle entre dans ma chambre. C'est elle, tout à l'heure, qui m'a annoncé qu'Alice était morte. Elle avait l'air bouleversé et semblait attendre une réaction de ma part alors j'ai fait mine de me recueillir un instant, en fermant les yeux. Quand je les ai rouverts, elle me regardait encore. Et là, elle m'a pris la main et l'a serrée fort entre les siennes comme pour me réconforter, ajoutant qu'Alice n'avait pas souffert, c'était certain. Pour les autres, elle ne savait pas, ou elle n'a pas osé me le dire. Comme elle sortait, je lui ai demandé ce qu'on avait fait de mes vêtements. Elle a paru surprise, m'a fait répéter, puis elle m'a dit qu'ils avaient dû tout jeter, enfin sûrement, elle se renseignerait.

Mina tombe de fatigue, je le vois. Elle a le teint blafard et les joues creuses. Ses yeux cernés lui dessinent deux disques sombres sur la figure, ça lui donne un air cadavérique. Elle est certainement restée éveillée toute la nuit, à me regarder dormir. Enfin, dormir... On ne peut pas parler de sommeil durant un épisode cataleptique. D'après le médecin chef, j'ai pu rester vaguement conscient durant quelques secondes, tout au plus, le reste du temps j'ai dû baigner dans une sorte de coma. J'avais l'impression d'être là pourtant, de les voir s'affairer autour de moi. Les pompiers d'abord, me déclarant mort avant de se raviser (« *J'ai un pouls ! J'ai un pouls !* », je me souviens parfaitement d'avoir entendu quelqu'un crier ça), ensuite les brancardiers dans l'ambulance et puis tout le monde en arrivant à l'hôpital. Je les voyais, je les voyais vraiment, au sens où je les observais du dehors, comme dans une forme de dédoublement. La scène, le décor, mon propre corps flasque et sans vie, c'était une vision saisissante de vérité. Une vision irréelle mais vraie. Il me semblait leur avoir parlé aussi mais je l'ai peut-être rêvé. Enfin, je veux dire, pas tout, pas les tirs et le sang. Mais la fin, peut-être, après être tombé au sol... Non, la mort, je l'ai bien ressentie, elle. Physiquement. Intimement. D'ailleurs, j'en ai vu des trucs dégueulasses sur les neurchis, ces groupes Facebook sur lesquels je traîne quand je m'ennuie, et dans les jeux vidéo aussi, ou même quand j'étais petit à la télé, mais là... Là, ce n'était pas seulement gore, c'était triste. Triste, laid et froid. C'était la mort, la vraie, avec comme une odeur de métal, de pisse et d'ammoniaque à la fois.

– Oh mon Dieu, Guillaume... On t'a dit ? Alice... Alice est... (Elle hoquette.) C'est horrible, horrible... Mon dieu, je n'arrive pas à y croire... Comment te sens-tu, tu es blessé ? Est-ce que tu as vu ce qui s'est passé ? Est-ce qu'elle... Elle t'a parlé ? Est-ce qu'elle t'a dit quelque chose ?

La mère d'Alice me fixe d'un regard myope mais pénétrant. Je ne cille pas. François se tient debout derrière elle. Discrètement, il retient sa femme en lui serrant le bras au niveau du coude, un peu comme un tuteur soulage une plante trop faible pour supporter son propre poids. Leurs visages sont inexpressifs, figés par une douleur indépassable. Je me racle la gorge tout en fixant le plafond ; les mots ne viennent pas. Alors je ferme les yeux et je mime quelques sanglots, comme je l'ai fait un peu plus tôt avec la grosse infirmière. Je n'ai rien trouvé de mieux pour les soulager, pour me montrer à la hauteur de leur chagrin. C'est dérisoire mais je ne peux rien proposer d'autre. Ils ne m'entendraient pas de toute façon, ils sont ailleurs... L'instant s'éternise. Le silence se fait pesant. Mina leur dit que je suis encore sous le choc, que j'ai du mal à m'exprimer, ils n'insistent pas.

Pendant qu'elle les raccompagne dans le couloir, je reste couché à examiner ma chambre. Elle est d'une couleur hideuse, un jaune indécis et suintant, dessinant une sorte d'horizon qui s'arrête au trois quarts du mur, le long d'une fine bande métallique au-dessus de laquelle débute une zone blanche qui court jusqu'aux dalles grisâtres du faux plafond. Aucune fenêtre, pas de décoration non plus. En face de moi une table, ou plutôt une desserte, et là dans l'angle une espèce de placard où se trouvent encastrés un minuscule lavabo et une cuvette. Dotée d'une seule chaise (sur laquelle se vautre Mina l'essentiel du temps), on peut dire qu'elle ne fait rien pour encourager les visites. Pourtant, les importuns s'y succèdent depuis qu'on m'y a installé ce matin en me sortant des urgences. Un sophrologue mandaté par je-ne-sais-qui, des élus de la mairie de Paris qui font semblant de pleurnicher tout en me parlant d'eux, des flics aussi bien sûr... Mina m'a même annoncé avoir repoussé deux journalistes dans les couloirs de l'hôpital. Ils espéraient recueillir un témoignage exclusif, paraît-il. Selon eux, le public n'attendait que ça et il avait le droit de savoir. Ils m'ont même surnommé « le miraculé d'Alésia ». Quelle bande de cons. Mina les a chassés comme elle sait le faire, comme avec les chats de la voisine quand ils viennent pisser dans le potager. C'étaient des mecs de droite, je crois, ils avaient le genre « petits bourgeois » d'après elle. Il me semble bien qu'elle m'a cité les médias pour lesquels ils travaillaient mais je ne m'en souviens plus. De toute façon, je ne suis pas l'actualité, pas plus dans la presse papier que sur mon téléphone, et je ne regarde jamais la télé. En vérité, je me fous de ce qui se passe dans le monde. Alice trouvait ça étrange, je me souviens. Elle m'avait dit un jour : « *Les chars russes pourraient envahir Paris que tu serais le dernier au courant. Et encore, il faudrait qu'ils passent devant ta fenêtre !* » C'était bien trouvé cette vanne. Elle est drôle, Alice... Enfin, elle était drôle, parce que maintenant elle est morte.

Voilà que ça recommence. Cette fois, c'est la psychiatre, la seule interne du service. Une jolie brune un peu trop mince, la quarantaine. C'est son deuxième passage, la dernière fois qu'elle est entrée dans la chambre j'ai fait semblant de dormir. Elle a l'air décidé, elle insiste pour me parler en tête à tête. Selon elle, il ne faut pas laisser traîner, mon équilibre psychique est fragilisé et chaque minute compte. Elle insiste, ce ne sera pas long. Je finis par accepter.

– Mina, tu vas faire un tour s'il te plaît ? Elle ne bronche pas, semble à moitié endormie.

Alors je m'agace.

– Eh Mina, tu m'entends ? Sors, je te dis !

Son corps se déplie lentement, elle tente de se hisser sur ses jambes. Enfin, elle finit par se lever et quitte la chambre en marmonnant. Alors la psy prend place sur la chaise laissée libre, mais sans toutefois s'installer ou se mettre à l'aise, elle s'assoit sur le bord comme le font les gens qui ont quelque chose à vous vendre. À bien la regarder, elle a vraiment du charme. Sa rhinoplastie est réussie, son regard caressant. Je me redresse et cale mon dos contre la tête de lit, tout en cherchant une contenance. Très discrètement, elle a sorti une petite tablette tactile de la poche de sa blouse et s'apprête à lancer la conversation ou, je devrais plutôt dire, la consultation :

– Merci de m'accorder un peu de temps, monsieur Labarthe. Je suis le docteur Hamadi, interne en psychiatrie ici, au service Neurologie du GHU de Sainte-Anne. Je suis donc médecin. Comme j'ai tenté de vous le dire plus tôt, il est important que vous puissiez exprimer certaines choses dès maintenant afin de minimiser les effets post-traumatiques du choc émotionnel que vous avez vécu hier, c'est le sens de ma visite. Bien sûr, par la suite, il faudra que nous puissions mettre en place un suivi sur le long terme. Ici à l'hôpital, ou ailleurs, c'est vous qui déciderez, mais un traitement dans la durée sera nécessaire. Ce que vous venez de vivre est particulièrement traumatisant, à plus d'un titre. Pour autant, rien n'est irrémédiable. Grâce à une prise en charge précoce nous pouvons obtenir d'excellents résultats. Faites-moi confiance... Bien. Si ce n'est pas trop pénible, peut-être pouvez-vous commencer par me raconter, avec vos mots, ce que vous avez vécu hier soir ? Quels souvenirs ou quelles images vous viennent à l'esprit immédiatement ?

Son discours est rodé, asséné sans émotion mais avec douceur. Des cas comme le mien, elle a dû en rencontrer des dizaines depuis qu'elle est interne. En la regardant, je me dis que c'est la jungle dehors et que ce ne doit pas toujours être simple pour une jolie femme comme elle d'exercer ici. Je n'ose pas imaginer la quantité de tordus et de psychopathes qu'elle a pu croiser à l'hôpital et dont certains ont sûrement tenté de l'agresser.

— Humm, en fait je ne me souviens pas de grand-chose... On déballait des cartons avec Alice, les deux autres bénévoles servaient une dame. Là, un type est entré, j'ai à peine aperçu sa silhouette. Tout ce que je peux dire c'est qu'il brandissait une arme au-dessus de sa tête, comme ça, comme pour se grandir... C'est ce que j'ai raconté à la police tout à l'heure. Après, il y a eu des cris et des tirs, une dizaine peut-être, et puis plus rien. Des acouphènes, du sang sur moi et par terre. Beaucoup de sang... Et puis, beaucoup de bruit à nouveau, celui des sirènes... À ce moment-là, j'ai senti qu'on m'avait soulevé et je me suis vu porté jusque dans l'ambulance, mais comme vu d'au-dessus, comme dans un film. Enfin, c'est difficile à expliquer... Je suis désolé, tout cela est un peu confus.

— Non, c'est très clair au contraire, merci beaucoup... Excusez-moi, mais la dame qui vient de sortir, c'est votre mère, n'est-ce pas ?

— Euh oui, pardon. C'est vrai que je l'appelle Mina, mais c'est son surnom. Enfin, le surnom que mon père lui donnait. En vérité, elle s'appelle Anne-Marie.

— D'accord. Vous habitez ensemble, si j'ai bien compris ?

— C'est exact, oui. On vit dans un rez-de-chaussée, entre la rue Didot et la porte de Vanves, je ne sais pas si vous connaissez le quartier, on a un petit jardin... Ce n'est pas une question de moyens, je gagne beaucoup d'argent, mais Mina a des problèmes de santé, vous comprenez. C'est mieux que je reste avec elle. Et puis, on a deux gros chiens aussi, il faut s'en occuper.

— Bien sûr, je comprends... Vous exercez une activité ?

— Non. Euh... En fait, si... Disons que ce n'est pas vraiment une profession. Je vis de mon business en ligne, si vous voulez. Je suis un ancien champion de e-sport, j'ai une grosse communauté.

— Ah oui, d'accord... Très bien.

Tout en pianotant sur sa tablette, la psy laisse échapper un léger soupir assorti d'une sorte de rictus condescendant. C'est très subtil ce genre de signal, tout juste un coin de bouche qui se soulève, mais je le perçois d'autant mieux que j'en suis moi-même coutumier : son corps vient d'exprimer malgré elle une forme de détachement, une certaine morgue, qui traduit sans aucun doute un mépris pour mon cas, voire de la pitié. Je suis peut-être jeune mais je connais les gens, je sais comment ils fonctionnent. Maintenant, elle lève les yeux vers moi, semblant attendre que je poursuive la discussion. Mais c'est fini, elle m'a agacé avec cette grimace, d'ailleurs je sens bien qu'elle m'a déjà jugé. Et ce ton goguenard là, « Vous exercez une activité ? », non mais pour qui elle se prend ? Dans un mouvement de tête appuyé, je détourne mon regard du sien pour aller fixer un point imaginaire sur le faux plafond. Je n'ai plus envie de lui répondre et je soupire bruyamment pour le manifester. La psy ne dit rien, elle ne bouge pas. Elle attend. Deux brancardiers passent dans le couloir, le sol vibre sous le poids du lit qu'ils poussent lentement tout en bavardant, on entend des portes claquer. Elle attend toujours. J'ai envie de la gifler.

– Bon. Je vous ai tout dit, il me semble. Maintenant laissez-moi s'il vous plaît, je suis fatigué.

– Entendu, monsieur Labarthe, c'est vous qui décidez. Je reviendrai un peu plus tard, si vous le voulez bien, et nous poursuivrons notre discussion… Et si vous ne souhaitez pas évoquer ce qui s'est passé hier, eh bien nous parlerons d'autre chose. De vos chiens, par exemple.

Elle s'adresse à moi comme à un enfant ou, pire, comme à un débile. Un genre d'attardé, un cas social. Comme à tous ces patients qui viennent la consulter en claquettes et survêtement et qu'elle démolit à grands coups de sédatifs et de sermons dévalorisants. Si elle pense m'impressionner avec sa blouse d'interne et ses escarpins vernis, elle ne sait pas à qui elle a affaire. Je suis aussi diplômé qu'elle et peut-être deux ou trois fois plus riche. Je n'ai pas besoin de ses conseils. Encore moins de sa pitié.

# 2

J'ai discuté avec Omar ce matin, l'aide-soignant qui s'occupe de moi. Il a dû intervenir deux fois dans la nuit, à ce qu'il m'a dit. Il paraît que je criais très fort et que l'on n'entendait que moi dans tout le service. C'est bizarre, je ne me souviens de rien, mais il n'a aucune raison de me mentir. D'ailleurs, s'il existe une seule personne digne de confiance dans cet hôpital, c'est certainement lui. Omar est d'origine comorienne, ça veut dire que ses parents sont nés aux Comores, une île de l'océan Indien, près de Madagascar. Bon, je fais le malin là, mais hier encore je n'avais aucune idée de ce que c'étaient, les Comores, ni où ça se trouvait. Il m'a raconté son parcours et on a vite sympathisé. Il ne manque pas d'humour, Omar, ou plutôt je dirais qu'on partage les mêmes références, qu'on réagit aux mêmes vannes. Quand il me balance du Ngijol, je lui réponds avec du Haroun. Il me semble qu'il aime bien les sketches de Dieudonné aussi, même s'il n'a pas encore osé le citer ouvertement. Chaque fois qu'il entre dans ma chambre, j'ai le sentiment qu'Omar est content de venir s'occuper de moi. C'est le seul qui me sourit, les autres ont l'air distant, ils ne savent pas comment me parler. Ils prennent un air concerné pour s'adresser à moi mais ils ne me donnent pas cette impression de bienveillance et de bonté. Sans doute une question de culture. Il m'a dit qu'il aimait son métier parce que « quand on veille sur les plus faibles, on devient soi-même plus fort ». Enfin, c'était quelque chose de ce genre, une sorte de proverbe de chez lui sans doute. Sur le principe, je pense qu'il a raison. En France, on n'aime pas s'occuper des malades ou des vieux, on trouve ça dégradant. Il me semble qu'on a perdu le sens profond de la solidarité. Bon, je dis ça mais je m'en fiche un peu. Et puis je n'ai pas d'exemple précis en tête, ce n'est que mon idée et je me trompe peut-être… « *Qu'est-ce que tu connais de la vie de toute manière ?* » dirait Mina. Il faut dire qu'elle aime bien me rabaisser parfois en me parlant comme à un petit garçon, comme le faisait le Patron quand j'étais enfant. Ça la rassure. La pauvre femme a l'impression, l'espace d'un instant, de me dominer.

En parlant d'elle, Mina est rentrée à la maison cette nuit. Sans me prévenir. Elle a attendu que je m'endorme pour s'éclipser. Je ne lui en veux pas, il faut bien que quelqu'un s'occupe des chiens. D'ailleurs, ça n'a fait aucune différence puisqu'elle était de retour à l'hôpital avant mon réveil. Elle n'a dormi que trois ou quatre heures d'après ce qu'elle m'a raconté, mais c'est toujours mieux que rien : quelque peu reposée, coiffée et maquillée, elle me fait déjà moins honte.

Ce que je dis n'est pas très élégant, je le sais, et je suis sûrement trop exigeant avec elle. Mais Mina, c'est un peu comme ma servante. Comme elle a été celle du Patron, de ses différents employeurs et même de son père ou de ses frères auparavant. Oui, je manque de tendresse avec elle, c'est un fait. Mais j'ai parfois l'impression que rien ne nous unit si ce n'est les liens du sang et la force de l'habitude. Alors il m'arrive de m'emporter, de l'injurier, et à la fin je ne m'excuse pas toujours. Pas de quoi être fier, je le reconnais, mais enfin c'est comme ça. C'est notre manière de vivre. On n'a jamais connu autre chose, elle et moi.

Après le petit déjeuner, Omar est revenu dans la chambre pour m'apporter des serviettes propres. Il m'a annoncé que je ne sortirai que demain. Le chef du service Neuroradiologie voudrait me garder encore un jour en observation, paraît-il. Pourtant l'IRM et le scanner n'ont rien montré d'anormal en ce qui concerne mon cerveau et je n'ai pas la moindre égratignure sur le corps. D'un point de vue strictement médical, il me semble inutile de me retenir ici plus longtemps. D'ailleurs, Omar est de mon avis mais il pense que, si le docteur a pris cette décision, c'est avant tout pour me préserver du public, des médias et de toute l'agitation autour de ce qui s'est passé au centre paroissial. Je pense qu'Omar a raison. D'autant que je suis le seul rescapé, c'est maintenant officiel, Mina l'a entendu sur une chaîne d'infos. Les deux autres bénévoles, un couple de retraités, Jacqueline et Pierre Humel (ou Hunel peut-être, quelque chose de ce genre), dont j'avais fait la connaissance ce jour-là, ainsi qu'une bénéficiaire, une vieille dame qui devait être d'origine africaine, tous sont décédés. Tous. Avec Alice, ça fait quatre morts... Et puis il y a moi, moi qui suis là. Sans raison, sans explication logique.

L'ambiance était presque paisible à l'étage quand la police a déboulé pour m'interroger à nouveau, c'était pendant le repas de midi. J'ouvrais l'opercule de mon pot de yaourt quand ils sont entrés dans la chambre. Mina était furieuse, elle voulait les mettre dehors mais je lui ai dit de se calmer, que tout allait bien se passer, que je pouvais répondre à leurs questions en finissant de manger. C'étaient les mêmes types que la veille, des flics en civil. Un vieux avec une barbe grisonnante et un jeune assez maigre, je n'ai pas retenu leurs noms. Le vieux a mené l'entretien pendant que son collègue prenait des notes tout en faisant semblant de réfléchir. Il a commencé par me dire qu'on venait d'arrêter le tireur, que la BAC l'avait coincé, presque par hasard, au petit matin. Apparemment, il déambulait seul près de la gare Montparnasse, il portait son arme dans son sac à dos. C'est tout ce qu'ils savaient. Le gars ne parle pas français apparemment, ou bien, il ne souhaite pas s'exprimer. Son identité étant en cours de vérification, on n'avait pas davantage d'informations à ce stade mais les flics m'ont assuré qu'ils me tiendraient informé dès qu'il y aurait du nouveau. À ce moment-là, ils m'ont mis sa photo sous le nez en me demandant, comme ça au débotté, si je pouvais l'identifier mais je leur ai dit que c'était impossible, que je n'avais pas pu distinguer son visage durant l'attaque. Pour le reste, je leur ai raconté les mêmes choses que la veille, du moins il me semble. Pourtant, ils me faisaient tout répéter comme s'ils entendaient cette histoire pour la première fois. Au bout du compte, le policier barbu m'a demandé si j'avais entendu l'assaillant crier « *Allah Akbar !* » en pénétrant dans le local. J'ai répondu que non, mais ça n'a pas eu l'air de lui plaire. On aurait dit que ce n'était pas ce qu'il avait prévu d'entendre. Alors il m'a posé d'autres questions, à propos du tireur ou plutôt de sa tenue vestimentaire, en particulier de la couleur de ses chaussures. Comme j'ai répété que je ne pouvais rien dire sur l'assaillant, que je n'avais aperçu qu'une vague silhouette, il est revenu à sa première interrogation :

— Mais vous l'avez entendu ou pas ?

— Quoi donc ?

— *Allah Akbar*, vous l'avez entendu ?

— Je vous ai dit que non.

— Très bien, mais excusez-moi si je me permets d'insister... Parce que deux ou trois témoins, plutôt situés à l'extérieur de l'immeuble, et même quelqu'un qui se trouvait un peu plus haut dans la rue, auraient clairement distingué ces mots-là parmi d'autres cris.

— Moi je n'ai rien entendu. Il y avait beaucoup de bruit dans la salle quand il est entré, peut-être aussi que je n'ai pas fait attention, c'est possible... Mais franchement, quelle importance ? Qu'est-ce que ça peut faire que ce type ait gueulé *Allah Akbar* ou pas ? Qu'est-ce que ça change, maintenant que tout le monde est mort ?

— Eh bien, cela peut changer beaucoup de choses, figurez-vous. Dans le cas où le motif religieux de l'attaque serait avéré, le parquet antiterroriste se saisirait à coup sûr de l'affaire et on disposerait de davantage de moyens. On pourrait placer tous ses copains en garde à vue, par exemple, des membres de sa famille aussi, pendant quatre jours au moins. On prendrait le temps d'analyser le contenu de leurs téléphones portables, d'éplucher leurs échanges. L'enquête prendrait une autre tournure, croyez-moi.

C'était seulement la seconde fois que je discutais avec ce type mais il me parlait comme s'il m'avait toujours connu. Comme s'il n'était plus nécessaire de me ménager, de me dissimuler ses intentions derrière une fausse compassion et des civilités superflues.

— Pour l'instant, on est sur l'acte isolé d'un marginal. Sauf qu'en réalité, il se pourrait bien que ce type n'ait pas agi seul, sur un coup de tête, mais que son geste relève plutôt d'une attaque terroriste, un acte planifié et organisé. Dans ce cas, il nous faudra apporter plusieurs éléments tangibles et concordants pour le démontrer. Alors s'il a crié « *Allah Akbar* », eh bien c'est un premier indice à charge. Vous savez, s'il reste muet et qu'on ne lui trouve pas de complice ou un quelconque soupçon de préméditation, on n'a plus grand-chose. Moi, ça m'arrange, notez bien, c'est du boulot en moins. Mais ça veut dire aussi peu de chance de procès et une totale impunité pour les types qui ont pu le soutenir ou le protéger. Et puis surtout, c'est difficile à comprendre pour les familles des victimes. Pensez un peu aux parents de votre compagne, mettez-vous un instant à leur place. Ils ont pris perpète. Je ne minimise pas votre peine, loin de là, monsieur Labarthe. Mais vous êtes encore jeune, vous vous relèverez.

— OK, c'est très clair, je comprends le message. Eh bien si vous y tenez, va pour « *Allah Akbar* » alors. Voilà, vous êtes content ?

— Non mais attendez, je ne vous demande pas non plus de mentir pour me faire plaisir. Simplement, chaque détail compte, même le plus infime. C'est important que vous réfléchissiez bien et que vous fassiez appel à vos souvenirs.

— Je n'ai pas d'autres souvenirs, je vous ai donné tout ce que j'avais. Maintenant, laissez-moi tranquille s'il vous plaît.

Ils se sont regardés d'un air entendu, le jeune a haussé les épaules, puis ils sont sortis comme ils étaient entrés, sans formule de politesse, sans dire quand ils reviendraient, comme s'ils vivaient enfermés dans la même journée depuis toujours. À leur départ, j'ai ressenti un intense soulagement. Même si l'entretien n'avait pas duré plus d'une demi-heure, je m'étais laissé gagner par une profonde lassitude, à la fois physique et morale. L'effet de ces révélations sur le tireur, au début de la discussion, et puis les images qui m'étaient revenues ensuite, par flashs, à l'évocation de certains détails et que j'avais tenté de décrypter pour la centième fois, toute cette agitation m'avait épuisé.

Une heure a passé maintenant et la tension est retombée. Mon corps se détend peu à peu, et les fourmis dans mes jambes se dissipent. Je repense à cette histoire d'attentat islamiste et je trouve que le raisonnement ne tient pas debout, que c'est idiot même. Pourquoi un centre paroissial, un jour de distribution de colis alimentaires, alors même qu'il y a beaucoup de musulmans parmi les bénéficiaires ? Ça n'a pas de sens. Mina dit qu'ils sont racistes, comme tous les flics. Moi je pense plutôt qu'ils cherchent une explication simple. Tout le monde aime les explications simples et les flics sont comme tout le monde. Malgré mon calme et le bien-fondé de mes arguments, Mina ne décolère pas. Ce qui semble la déranger le plus, c'est le ton qu'ils ont employé pour s'adresser à moi. Elle leur reproche de s'être montrés insensibles et froids, de ne pas m'avoir parlé comme on doit parler à une victime. J'ai beau lui dire que je m'en fiche, qu'ils ne font que leur boulot de flic, et pas celui d'assistante sociale, rien ne l'arrête. Ils étaient « agressifs et grossiers », d'après elle, rien de moins. J'ai plutôt l'impression d'avoir eu affaire à de braves gens, un peu usés et apathiques. Blasés, je dirais. D'ailleurs, je comprends leur distance, cette affaire ne les concerne pas. Comme elle n'aurait pas dû me concerner non plus, à quelques jours ou quelques heures près. Je ne peux m'empêcher de penser que si le tueur était passé à l'acte la semaine précédente ou la suivante, Alice et moi n'aurions pas été présents sur les lieux. D'autres bénévoles auraient été tués, d'autres bénéficiaires aussi. Dans l'heure qui aurait suivi l'attaque, Alice m'aurait envoyé une série de messages sur WhatsApp m'informant d'un drame atroce survenu au centre paroissial et je m'en serais foutu, comme je me fiche de tout ce qui ne m'affecte pas directement. Je me serais rendu chez elle, on en aurait parlé brièvement et puis on serait sortis, se balader et prendre un *poke bowl* quelque part. Ensuite on serait revenus, on aurait peut-être regardé un film Netflix sous les draps et puis je serais rentré chez moi. Bref, ma vie aurait suivi son cours. Alors pourquoi hurler à l'indifférence ? Pourquoi en vouloir aux autres de se comporter comme je le ferais à leur place ?

Comme j'ai cessé de parler et que j'ai l'air absent, Mina me demande si je souhaite rester seul pour la soirée. Elle pensait rentrer plus tôt à la maison, avant le repas du soir, et ne revenir que le lendemain matin. Je lui réponds que ça m'ennuie, que je préfère qu'elle reste. Sans forcément me faire la conversation, elle peut très bien lire ou regarder la télé dans la chambre, ça ne me dérange pas, mais qu'elle reste. Pour être honnête, ce n'est pas de la compagnie de Mina dont j'ai besoin, mais simplement de sa présence. Ça ne date pas d'hier et de l'attaque, c'est plus profond que ça. La solitude me fait horreur. J'ai besoin d'avoir quelqu'un auprès de moi, que quelqu'un s'occupe de mes affaires. C'est ainsi depuis toujours. Peut-être la peur de grandir et de me transformer en adulte ? Tiens, je suis certain qu'elle dirait quelque chose de ce genre. Je parle de la psy, le docteur Hamadi. Que je dois quitter mon père pour accepter d'en devenir un moi-même, ce style de discours infantilisant. Mais elle aurait peut-être raison, après tout, je ne sais pas. Je ne sais pas et je ne veux pas le savoir.

# 3

Au bout du compte, ils ont décidé que je ne quitterai pas l'hôpital tout de suite. Ils ont préféré me placer en maison de repos, pour une semaine au moins. Enfin, ils appellent ça un « centre de convalescence ». En définitive, il s'agit d'une structure indépendante mais dont le bâtiment est attenant au groupe hospitalier de Sainte-Anne. Je pense qu'ils se sentaient gênés de me renvoyer chez moi sans me faire passer par une espèce de « sas de décompression ». On m'a transféré hier matin, très discrètement, en fauteuil roulant. Mina avait emballé mes affaires à l'avance, elle pense toujours aux détails d'organisation. Ici, tout est plus petit que dans l'enceinte de l'hôpital : ma chambre, mon lit, les plateaux-repas. Même le personnel me semble moins imposant, plus humain. De ce que j'en ai vu, la troupe des résidents se compose essentiellement de petits bonshommes mutiques et hors d'âge, de quelques cancéreux en soins palliatifs et d'une poignée de dépressifs chroniques. Curieusement, je me sens à l'aise, ou tout au moins à ma place, parmi ces gens qui n'attendent rien.

Tous semblent ailleurs ou totalement absents. Déjà passés de l'autre côté, en quelque sorte. C'est sans doute la raison pour laquelle la mort, ou plutôt la peur de la mort, se fait plus discrète autour de moi, enfin il me semble, en tout cas moins présente qu'aux urgences.

Il n'y a que deux jours que je suis arrivé mais j'ai déjà l'impression que le temps ne défile plus au même rythme. Tout me paraît plus lent, plus cérémonieux aussi. Et surtout, plus personne ne vient me voir. C'est très reposant. Ici pourtant, on a le droit de recevoir la visite de ses proches durant toute la journée, et pas seulement l'après-midi, entre quatorze et dix-sept heures, comme à l'hôpital. Mais le fait est que mes proches vivent loin, c'est là tout le paradoxe. Les personnes avec qui je discute tous les jours, ce sont les potes de mon équipe, ceux qui me suivent sur Twitch et aux côtés desquels je participais aux compétitions en ligne. Ils habitent aux quatre coins du monde et la plupart ne parlent pas français. Avec eux, je communique en anglais, le plus souvent, mais on utilise aussi des *emojis*, des *memes* parfois, et puis on a nos propres codes. À force, on se comprend sans rien se dire. Hormis ceux-là, je n'ai que très peu de relations, ce sont surtout des amis d'Alice qui ont essayé de me joindre depuis ce qui s'est passé au centre paroissial. Bon, pour être tout à fait honnête, je dispose tout de même de quelques amis « réels », moi aussi. Une poignée, peut-être, mais ils existent. Ce sont d'anciens copains de fac, pour l'essentiel. Du reste, il ne me déplaît pas de les revoir, mais enfin je n'aime pas les fréquenter, c'est différent. Disons que si leur compagnie occasionnelle m'apporte un peu de détente, voire une relative satisfaction parfois, c'est bien le maximum. Ils ne me manquent jamais. Malgré tout, et bien que leur vie ne m'intéresse pas, j'apprécie quand même qu'ils s'intéressent à la mienne – pas que je considère ma vie comme un sujet passionnant mais c'est le seul qui m'importe – et je leur suis reconnaissant de leur fidélité. Non, le seul aspect qui me déplaît vraiment c'est de devoir leur donner de mes nouvelles, j'ai chaque fois l'impression désagréable de leur rendre des comptes. Par ailleurs, je m'ennuie très vite en société. C'est ce qui me pousse à éviter les mondanités quand je n'ai pas d'intérêt pratique à côtoyer les gens.

Ma chambre, pour autant qu'elle soit exiguë et malcommode, dispose tout de même d'une fenêtre donnant sur la rue de la Santé. Ce matin comme la veille, je colle mon nez à la vitre afin d'éprouver ce léger effet glaçant qui me réconfortera d'être à l'intérieur. Les toits sont encore gelés de la nuit malgré un soleil timide, on dirait que le printemps se fait attendre. Même le ciel a l'air d'hésiter. Dans la rue, des piétons espacés flottent sur les trottoirs vides comme dans un vêtement trop grand. Il est bientôt midi et Paris me semble aussi engourdie que moi. J'ai dormi pourtant. Une dizaine d'heures même, si j'en crois mon téléphone. Mais je me sens vaseux, sans force ni envie. Je n'ai pas faim, mes jambes sont molles et la faible lumière du jour suffit à me fatiguer les yeux... La porte de la chambre couine, voilà Mina qui revient. Elle m'apporte un plat de riz au poulet assaisonné de curry ainsi que des sachets de fruits secs, comme je lui avais demandé. La nourriture est trop grasse ici, au point que je leur ai dit d'arrêter de me servir les repas. Je préfère que Mina me prépare à manger, elle sait ce qu'il me faut, les ingrédients autorisés et les doses exactes, le bon nombre de calories. C'est aussi pour cette raison que je la laisse partir en début de soirée et rester à la maison jusqu'au lendemain midi, elle peut tranquillement s'occuper des chiens et de mes repas. De toute façon, on ne peut pas passer la nuit ici quand on est accompagnant, les chambres sont trop petites et rien n'est prévu à cet effet. Mais je me suis habitué à cette solitude, qui ne dure qu'une partie de la journée, je dirais presque que je l'apprécie. À vrai dire, je crois que je me sens bien dans cet endroit. Le bâtiment est ancien, mais il est propre, bien entretenu et, surtout, il ne sent pas l'hôpital. Contrairement aux urgences, on n'a pas en permanence dans le nez cette odeur blanche de pharmacie et d'eau de javel. Non, on se croirait plutôt dans une vieille pension de famille à la décoration kitsch et aux couloirs étroits. Il m'arrive de traîner dans les couloirs justement, sans raison particulière, histoire de me dégourdir les jambes. Je capte des bribes de conversation, mon regard se glisse dans les portes entrouvertes. On me sourit de temps en temps, parfois même on me parle. Les gens savent qui je suis et ce que je fais là, ils regardent tous la télévision et ils discutent entre eux. Ainsi, je n'ai pas à me présenter.

Pour manger, je m'installe à la petite table de ma chambre, juste sous la fenêtre. Le riz est encore tiède. Adossée au mur à côté de moi, Mina me regarde, elle a déjà déjeuné. Ça tombe bien, je n'aime pas l'entendre mastiquer et puis il n'y a pas assez de place pour deux couverts de toute manière. Elle me raconte sa soirée, me dit que les chiens sont tristes de ne plus me voir. Elle me dit aussi qu'ils ont évoqué l'identité du tueur pendant quelques minutes au journal de vingt heures de TF1. Il s'agirait d'un Albanais qui serait passé par l'Allemagne avant d'arriver en France. Il aurait commis quelques braquages de commerçants, ici et là, durant son parcours, mais rien de particulier, rien de comparable à ce qu'il a fait au centre paroissial. Rien à voir non plus avec la religion, d'ailleurs on ignore même s'il est musulman. Mina en profite pour m'en remettre une couche sur la police, son supposé racisme et son incompétence. Je l'écoute en avalant mon riz, sans la regarder et sans appétit. Je me force un peu.

– Ah, regarde ce que je t'ai apporté. C'est le *Paris Match* qui vient de sortir, il y a une belle photo de toi sur une demi-page. Ils parlent un peu d'Alice aussi et des autres, c'est très émouvant.

Mina me pose l'article sous le nez et recule d'un pas pour mieux m'épier du regard. Je reconnais ma tête, c'est un portrait que j'avais posté sur mon compte Instagram, il y a deux ou trois ans. On me voit à la salle de sport en train de poser à côté d'une barre à soixante kilos au développé couché. J'ai un sourire idiot mais on distingue bien mes biceps. En dessous, le titre : « Influenceur et bénévole, il a déjoué la mort. » Qu'est-ce que c'est que ce truc ? C'est moi qu'ils traitent d'influenceur ? Je lève des yeux rageurs vers Mina. Elle comprend aussitôt et reprend le magazine. Non mais pourquoi m'a-t-elle amené ça ? Et puis son air niais et contrit, on dirait un chiot qui vient de manger une pantoufle, c'est insupportable. Les nerfs me lâchent et je m'entends la couvrir d'injures tout en frappant du plat de la main sur la table. Sans un mot, elle attrape son manteau et le sac de provisions, fait semblant de vouloir partir. Mais il s'agit d'un genre qu'elle se donne, je la connais bien, elle veut que je me sente coupable. Je la laisse avancer jusqu'à la porte de la chambre avant de la rappeler, de bredouiller des excuses à mi-voix et de lui demander de rester. C'est toujours pareil, toujours le même scénario. Alors, elle repose ses affaires par terre et s'assoit sur le lit en prenant soin de me tourner le dos, c'est la fin du spectacle. Je termine mon repas dans mes pensées et dans un silence absolu.

Un influenceur, et pourquoi pas une pute tant qu'ils y sont ? Je suis un champion de e-sport. Un ex-champion à la rigueur, un coach peut-être. Un streamer, passe encore. Mais pas un influenceur. Mes vidéos attirent le public justement parce que je ne vends rien. Je suis un professionnel qui tire une rémunération honnête de ses compétences et de ses prestations, voilà tout. Chez moi, pas de racolage vulgaire ni de placement de produits, je facture simplement des conseils et des cours particuliers aux gamers qui souhaitent progresser. On est plus proche du prof de golf que de l'influenceur. Parce que je les connais ces gens-là, et je n'ai rien à voir avec eux. Leur envie et leur cupidité me dégoûtent. Au passage, s'il est une passion qui m'est étrangère, c'est bien l'envie. Je n'ai jamais rien trouvé chez les autres qui puisse éveiller en moi quelque forme de frustration, de regret ou de jalousie. Jamais. J'ai tout ce qu'il me faut pour vivre confortablement, même davantage, et je ne cherche pas à me comparer. La plupart de ces individus ne m'arrivent pas à la cheville, de toute manière. Et puis, je n'ai pas déjoué la mort non plus, qu'est-ce que ça veut dire « déjouer la mort » ? Personne ne lui échappe jamais, à la mort, ça n'a pas de sens. Elle m'a négligé sur ce coup-là, tout au plus ; oublié derrière elle en partant, pensant avoir fini le boulot. C'est dire le peu d'attention qu'elle me porte. Si la mort me prenait au sérieux, elle se serait occupée de moi autrement, croyez-moi. Quand elle s'en est prise au Patron, elle n'a pas fait de détail, la mort. Elle a empoigné son cœur, en pinçant d'un coup sec son ventricule gauche entre ses doigts, le pétrifiant sans le prévenir, sans même lui laisser le temps de s'asseoir. Un lundi matin, alors que je venais tout juste de partir au collège. Elle avait attendu qu'il soit seul, dans la cuisine. Elle savait que cette feignasse de Mina ne l'entendrait pas s'écrouler, malgré le fracas du bol de café sur le carrelage. Qu'elle ne se lèverait qu'une demi-heure plus tard, inquiète de ne pas l'entendre se doucher dans la salle de bains attenante à leur chambre. Il ne lui a fallu que quelques secondes, à la mort, comme au centre paroissial, pareil. Quelques secondes et tout était fini. Non, c'est un tissu de conneries toute cette histoire, des trucs de journalistes. D'ailleurs, je ne vois pas ce qu'ils ont tous contre la mort. Comme si la vie valait beaucoup mieux. C'est moche la vie, le plus souvent. Il ne s'y passe rien. Enfin, peut-être que dans les pays pauvres ils voient les choses différemment mais nous, ici, on a arrêté de trouver ça génial, la vie. Et depuis un bout de temps.

« Influenceur et bénévole, il a déjoué la mort. » On ne peut pas faire plus stupide. Tout est faux dans ce titre, c'est bien simple. Pour le côté influenceur et le fait de déjouer la mort, ça me paraît évident, je viens de le démontrer. Mais le comble c'est que même le terme de « bénévole » ne colle pas non plus. Parce que, si je m'étais bien rendu ce jour-là au centre paroissial de Saint-Pierre-de-Montrouge pour participer à la distribution de colis alimentaires du Secours Catholique, il faut comprendre que c'était la première fois que j'y mettais les pieds. Et seulement parce qu'Alice m'avait supplié de l'accompagner. Elle voulait me présenter à Jacqueline et Pierre ainsi qu'à d'autres bénévoles – des vrais, ceux-là – qui semblaient compter pour elle, et espérait peut-être me sensibiliser au quotidien des miséreux dont le sort m'est totalement indifférent. Je ne suis pas très religieux moi, je ne crois en rien de particulier, j'y suis allé pour Alice et je ne le regrette pas. Le centre paroissial se trouve au rez-de-chaussée d'un immeuble sans allure, au beau milieu d'une ruelle anodine donnant sur l'avenue du Maine, à deux pas d'Alésia. Les distributions ont lieu deux fois par semaine et la logistique est très bien organisée. Les bénéficiaires doivent être inscrits sur les registres des services sociaux de la mairie de Paris puis montrer un justificatif d'identité lorsqu'ils se présentent. Avant d'être servis, ils peuvent préciser s'ils souhaitent de la viande ou s'ils sont sujets à des contre-indications d'ordre religieux ou à des allergies alimentaires, enfin ce genre de choses. La distribution se fait à la chaîne et le rôle de chaque bénévole est clairement défini. Je me souviens que ce qui m'a le plus surpris en arrivant, c'est cette organisation quasi-militaire. De ce que j'ai vu, ce sont surtout des femmes qui se présentent, parfois en petits groupes ou accompagnées de jeunes enfants. Les hommes seuls sont rares, surtout les jeunes. J'y repense souvent. Je me dis que j'aurais peut-être dû le remarquer, ce type, quand il a franchi le seuil de l'entrée, mais c'est allé trop vite. Et d'ailleurs, qu'est-ce que ça aurait changé ? Je n'imagine pas, même une seconde, que je me serais interposé. Ça ne me ressemble pas. Je n'ai aucun courage, pas plus physique qu'intellectuel. Je n'ai rien de commun avec ces héros au cœur pur agissant sans réfléchir, ou ces consciences supérieures qui bravent les ténèbres avec leur grandeur d'âme comme seule chandelle, espérant la reconnaissance, même posthume, de leur exceptionnelle valeur. Tout ce registre-là m'est étranger, l'estime des autres ne compte pas. Pour autant, je ne crains pas la souffrance, pas même la mort. Enfin, je crois. Non, moi c'est plutôt la peur du vide qui me terrifie. C'est elle qui me saisit dès que je pense à l'avenir. La peur du rien. Du temps qui passe. De l'oubli et de l'anonymat. Et contre ça il n'y a rien à faire, il me semble, sinon se faire à l'idée.

# 4

Ce matin, on a enterré Alice. Mina a insisté pour que je l'accompagne, je n'avais aucune envie d'y aller. C'est elle aussi qui m'a conseillé de porter des lunettes noires, au cimetière, et je dois admettre qu'elle a eu raison pour une fois. Il me semble qu'elles m'ont protégé de certains regards et des reflets aveuglants sur le marbre des pierres tombales. Ça représentait une sacrée trotte jusqu'à l'église Notre-Dame-des-Champs, mais Mina a estimé que de marcher un peu me ferait du bien. J'ai pensé que c'était une idée stupide et j'ai traîné des pieds, tout le long du chemin, pour le lui faire comprendre. C'était la première fois que je sortais de la maison de repos. Une fois dehors, tout m'a semblé nouveau. Nouveau et oppressant. Dans la rue, des êtres humains se croisaient, d'autres parlaient entre eux. Je distinguais des mots, par-ci par-là, mais rien qui ne fasse des phrases ou veuille dire quoi que ce soit. Ça m'a paru pénible toute cette agitation de basse-cour, assez angoissant aussi. À un moment, j'ai même eu peur d'un gosse en trottinette électrique. Comme on est arrivés en retard pour la messe, on s'est installés au dernier rang et on s'est retrouvés, pour cette raison, parmi les premiers sortis. Sur le parvis, des gens attendaient. Ils avaient peut-être raté la cérémonie du fait de la circulation, ou simplement n'avaient pas osé entrer. Parmi eux, une petite bande se tenait à l'écart, j'ai aussitôt reconnu les amis d'Alice, et Raphaëlle en particulier, qu'elle considérait comme une sœur. Une fille plutôt jolie, Raphaëlle, presque aussi jolie qu'Alice. Mais plus réservée, plus sensible aussi, enfin c'est l'impression qu'elle me donne. C'est elle qui est sortie du groupe et s'est avancée pour me prendre dans ses bras. Alors que je la serrais contre moi, je me suis rendu compte qu'elle tremblait. J'aurais pu essayer de la réconforter, bredouiller quelque chose de gentil ou de sensé mais, finalement, je n'ai rien dit, il m'a semblé que ce n'était pas le moment de parler. Tandis qu'elle pleurait contre mon oreille, j'avais le nez dans ses cheveux. Elle sentait bon. Je comptais en rester là, rester à l'écart, au milieu des copains de fac et des connaissances, mais dès que les parents d'Alice nous ont aperçus, Raphaëlle et moi, ils sont venus dans notre direction et nous ont pris chacun par le bras pour nous emmener, en tête de cortège. Mina suivait, juste derrière nous, comme un petit chien. Du reste, je pensais que ça ne se faisait plus depuis au moins cent ans ce genre de processions, qu'on ne bloquait pas la circulation à Paris pour si peu, mais si, il paraît qu'on l'autorise encore, certes très rarement, et que devant l'émotion suscitée par le drame, le préfet avait finalement donné son accord à la famille. Enfin, je n'en sais rien, c'est ce que Raphaëlle m'a dit. On n'a pas marché plus de cinq minutes, entre Notre-Dame-des-Champs et le cimetière du Montparnasse, mais le trajet m'a paru interminable. J'avais trop chaud à cause du manteau noir en laine vierge que Mina m'avait demandé de porter parce que, selon elle, je n'avais rien d'autre de présentable à me mettre pour ce type d'occasion. Les passants nous regardaient bizarrement tandis qu'on marchait dans la rue derrière le corbillard, à croire qu'ils nous prenaient en pitié. Accoudée à son balcon, une vieille dame en robe de chambre a même fait un signe de croix en nous voyant défiler, ça m'a rendu mal à l'aise. Heureusement, il s'est mis à pleuvoir au moment de l'inhumation et tout s'est accéléré. Les types des pompes funèbres se sont dépêchés de poser le cercueil sur des tréteaux, François et le prêtre ont prononcé quelques mots que je n'ai pas entendus, puis on a procédé à l'enfouissement. En quelques minutes c'était fini. Ensuite, il y a eu comme un moment de retenue puis les gens ont commencé à s'éclipser discrètement, sans se regarder ; la pluie leur faisait baisser la tête. Raphaëlle s'apprêtait à rejoindre d'autres amies d'Alice, elles s'étaient donné rendez-vous dans un salon de thé de la rue Daguerre pour évoquer sa mémoire. Elle m'a demandé si je voulais l'accompagner, j'ai répondu que non, que je ne pouvais pas en raison des limites que m'avait fixées la maison de repos au sujet des sorties, qu'il s'agissait d'une règle incontournable, que ce serait pour une autre fois. C'était plutôt hésitant comme discours, assez confus même, mais elle a compris. Dans un sourire timide, elle a promis qu'elle m'appellerait bientôt puis elle m'a embrassé sur le haut de la joue, près de l'oreille, pour me dire au revoir. Son visage était trempé de larmes et de pluie. Avec ses mèches de cheveux collées sur le front, on aurait dit une petite fille... Quand je me suis retourné vers Mina, il ne restait plus qu'une dizaine de personnes autour de nous, des visages que je n'avais jamais vus ou ne reconnaissais pas, certains avaient l'air affecté. Le prêtre, lui, avait déjà filé. Quant aux parents d'Alice, ils s'entretenaient avec un couple de paroissiens, ils allaient bientôt partir eux aussi. Je suivais des yeux le corbillard qui rejoignait la sortie du cimetière au ralenti, c'était la fin. Derrière lui, la barrière mécanique allait se refermer et les derniers curieux se disperser. Tout le monde serait rentré pour midi.

Dans ses effectifs, la maison de repos dispose d'un psychologue spécialiste des TSPT, les troubles du stress post-traumatique. En clair, un expert des malades mentaux dans mon genre. Même s'il n'est présent qu'une semaine sur deux, « il fera en sorte de se libérer » pour me rencontrer, on m'en a informé dès que je suis arrivé ici. Ce qu'ils s'étaient bien gardés de me dire, c'est qu'ils m'avaient organisé à l'avance un rendez-vous avec lui pour mon troisième jour. Et j'ai appris que ça tombait aujourd'hui, à quatorze heures trente, et que l'entretien se déroulerait dans une annexe du bâtiment principal. Ils me l'ont annoncé à l'heure du déjeuner, on venait de rentrer du cimetière. Je leur ai pourtant rétorqué que j'étais fatigué et j'ai demandé à repousser à plus tard la convocation mais on m'a répondu que ce n'était pas possible, qu'il n'y avait pas d'autres créneaux disponibles. Le type d'argument que je déteste car on ne peut rien lui opposer, si ce n'est une forme polie de sarcasme et un scepticisme vain.

Je redoute les imprévus. Au moins autant que les virus ou les bactéries, c'est tout dire. Je décide pourtant de me rendre à ce rendez-vous mais avec dix minutes de retard, ce qui me paraît la moindre des choses lorsqu'on entend se faire respecter. La pièce, d'un beige terne presque lugubre, ressemble davantage à une loge de concierge qu'à un cabinet de psy. Un seul des deux volets roulants est ouvert, la manivelle de l'autre, branlante, semble cassée. Sur une estrade en bois massif, à côté de ce qui ressemble à un ancien poêle hors d'usage, trônent un bureau de style scandinave et une sorte de méridienne en velours gris. Un évier jaunâtre et poussiéreux occupe l'angle opposé, juste en dessous d'une horloge qui, depuis des années sans doute, marque midi moins le quart. Derrière le bureau, le thérapeute n'est pas seul, il se trouve accompagné d'une stagiaire au regard bovin. Le type est aussi gras que la fille est mince. Je lui donne la quarantaine, peut-être un peu plus. Il a des cheveux noirs, coiffés en brosse mais bizarrement répartis, ça ressemble à des implants. Il commence par se présenter avant de m'indiquer que sa jeune collègue assistera à l'entretien, enfin si je n'y vois pas d'inconvénient bien sûr. D'un hochement de tête, je lui fais comprendre que ça m'est égal. Il tousse sèchement, sans mettre la main devant la bouche. Son visage grimace de tics et une transpiration abondante dessine des auréoles sous ses bras de chemise. C'est peut-être la stagiaire qui lui fait de l'effet. Pour être honnête, tout semble hésitant dans son apparence et comme, de surcroît, il zézaye un peu, j'ai beaucoup de mal à le prendre au sérieux. En prenant le temps de m'installer, je perçois de la fatigue dans ses soupirs répétés, il me semble aussi contraint que moi de se trouver là. Il se passe ainsi un moment de flottement où tout le monde s'observe, échange des banalités, puis les premières questions arrivent, toujours les mêmes. J'élude en balbutiant, mimant une grimace d'introspection. Mais le type est plus malin qu'il n'y paraît, il se met à creuser, à me faire parler du Patron. Dans son discours, il tente habilement d'établir un lien entre l'attaque du centre paroissial et celle, cardiaque, de mon père. Je le vois venir et je sais qu'il observe mes réactions. Je dégage en touche. Même si les aiguilles de l'horloge ne bronchent pas, je sais que les minutes défilent. Ils ne pourront pas me garder éternellement. Pour peu que leur agenda soit aussi serré qu'on le dit, bientôt viendra le moment où ils seront forcés de me laisser partir. Alors je regarde en l'air, je réponds que je ne sais pas, je les fais attendre. Assez rapidement, l'un comme l'autre semblent s'agacer de mon attitude et de mes réponses lapidaires. Mais je n'ai pas demandé à venir les voir, moi. C'est quoi leur problème ? Je leur ai pourtant accordé ma présence physique, ce qui me paraît déjà un signe suffisant de ma considération et de ma bonne volonté, que veulent-ils de plus ? Que je pleure ? La stagiaire me regarde avec des yeux de chatte comme si j'avais des confessions à lui faire, comme si je devais m'ouvrir à elle, en toute confiance, et déverser enfin mes sentiments intimes sans la moindre retenue. Moi, j'aimerais seulement qu'ils me foutent la paix, tous. Ces deux-là comme l'autre, l'interne de Sainte-Anne. Qu'est-ce qu'ils attendent de moi, à la fin ? Une révélation ? Ils s'imaginent peut-être que je leur cache une douleur immense, une profonde tristesse, un chagrin infini, derrière la carapace du gars indifférent mais la vérité c'est que ça m'est égal qu'Alice soit morte, voilà. Enfin, non. Non, oubliez ça, ce n'est pas ce que je voulais dire. En fait, ce ne sont pas les bons mots, ce n'est pas ce que je ressens. Mais ce serait trop difficile de leur expliquer, Alice me manque, oui, mais pas comme ça. Pas comme ils voudraient l'entendre. Je n'avais pas fait de projets avec Alice, aucun plan d'avenir. On ne sortait ensemble que depuis huit mois. Je n'allais pas me marier avec elle et lui faire une paire de gosses. De toute manière, ce genre de schémas à l'ancienne, ces repères archaïques, je sais que ce sont des fables, des contes pour enfants. Même l'amour, c'est pareil. Ça ne dure pas, ça ne protège de rien, ça s'efface et ça disparaît. Comme Alice, comme le Patron, comme tout le reste.

Et comment je dors, est-ce que je pleure, si j'ai des angoisses... Pourquoi ce bavardage, ces mots sans intérêt ? Tout cela ne sert à rien mais ils parlent, ils parlent... Bla, bla, bla, leurs bouches produisent des sons mais je n'écoute plus. Je me sens vide et accablé. Au bout d'un moment, le bruit cesse. Je les considère d'un œil sombre, leurs corps sont voûtés. Ils sont là, accoudés, à se regarder comme deux pigeons sur la même branche, l'air hébété. J'en déduis que l'interrogatoire est terminé et je me lève pour partir. Avant de quitter la pièce, le psy me demande si je me sens mieux depuis que j'ai intégré le centre. Il souhaite savoir si je désire prolonger mon séjour, c'est une faveur qui m'est offerte. Selon lui, je n'ai qu'un mot à dire et c'est comme si c'était fait. À ce moment-là, je pense à mes chiens et je m'entends lui répondre que je préfère rentrer chez moi. Alors il griffonne un truc sur son cahier, la stagiaire sourit en le lisant par-dessus son épaule, et ça s'arrête là. En marchant vers le bâtiment principal pour rejoindre ma chambre, je réfléchis à ce qui vient de se dérouler et j'éprouve une forme de soulagement coupable. Quelque chose comme le sentiment doux et désagréable à la fois qui envahit l'étudiant médiocre au moment de partir en vacances, juste après avoir échoué lamentablement à ses examens.

Durant mon absence, Mina est rentrée chez nous pour s'occuper des chiens et elle en a profité pour me ramener mon PC portable. J'avais demandé hier à l'infirmière de garde si je pouvais utiliser mon ordinateur durant la journée. Elle m'avait répondu qu'elle n'y voyait pas d'inconvénient, à la seule condition de ne pas en faire « un usage excessif » mais sans toutefois m'expliquer ce qu'elle entendait par là. J'ai déjà réussi à me connecter une petite heure avant le dîner. Pour la première fois, j'ai pu parler de ce qui m'était arrivé avec mes potes gamers. La plupart d'entre eux n'étaient au courant de rien mais c'est normal après tout, ils ne vivent pas en France. Certains m'ont dit qu'ils avaient vu passer ma photo sur X accompagnée de mon nom à l'état civil, Guillaume Labarthe. Ils ne me connaissaient qu'en tant que Slashg0rd0n, mon pseudo officiel sur les réseaux, donc ça les a un peu surpris et ils n'ont pas très bien compris de quoi il retournait. Dans l'ensemble ils se sont montrés plutôt compatissants mais sans me poser de questions particulières. Ce n'est pas leur truc l'actualité, les faits divers, les petites histoires de la vie de tous les jours. De fait, on a assez vite basculé sur d'autres sujets et tout le monde se trouvait plus à l'aise ainsi. Je n'ai pas joué avec eux, en revanche. Il faut dire qu'ici, je n'ai pas le matériel suffisant. Sans mon clavier ergonomique, mon écran de trente-deux pouces et mon casque audio, ce n'est même pas la peine d'espérer disputer correctement une partie. Peu importe, je n'en ai pas envie. Je crois que je vais me contenter de me balader sur les réseaux sociaux, traîner un peu dans les métavers, regarder des vidéos, mais c'est tout. Je ne suis pas encore prêt à entendre des bruits d'explosions ou de tirs. Bientôt, peut-être. Pour l'instant, rien que d'y penser, il me vient des bouffées nauséeuses.

***

Merde, qu'est-ce que ça rame ! Je n'ai jamais vu ça.

Je me doutais que ce serait plus lent que chez nous, mais à ce point... [Escape]

/Menu/Paramètres. Je baisse la résolution. Tous les effets à zéro. [Escape]

Ça ne change rien, toujours le même *frame rate* dégueulasse.

Allez, je laisse tomber... Y a pas de débit ici, inutile d'insister. [Quit]

## 5

Je quitte la maison de repos ce matin. Tandis qu'elle préparait mes affaires, quelqu'un a prévenu Mina que le personnel tenait à me témoigner son soutien avant mon départ, de sorte qu'au moment de sortir de la chambre, je ressens comme une légère appréhension. Tout est calme à l'étage, plus que d'ordinaire. Je pousse lentement ma valise à roulettes et Mina me suit en portant le sac de linge sale. Arrivé au bout du couloir, je distingue une certaine agitation, on nous fait des grands signes. Tout le monde est réuni dans une petite salle, il y a du café, du jus d'orange et des viennoiseries. Même Omar est venu du bâtiment voisin pour me saluer. On se bouscule à l'intérieur, je reconnais quelques résidents qui s'avancent vers moi. Je commence à transpirer, je n'aime pas qu'on me touche. Mina le sait bien et fait en sorte de m'ouvrir le chemin, de saluer les gens pour moi, de serrer leur main à ma place. Je saisis un croissant sur la table centrale et je me place dans un angle de la pièce, adossé à la fenêtre. Bravant le brouhaha, le chef de service se lance alors dans un discours apparemment improvisé. Il me souhaite un bon rétablissement, enfin « autant que ce soit possible », il m'assure de la compassion et de la solidarité de tout le personnel. On loue ma force de caractère, pour je ne sais quelle raison, tandis que je reprends un croissant. Au bout d'un moment, le silence se fait et les gens me regardent, ils semblent attendre quelque chose de moi. Comme j'ai la bouche pleine, je me contente de sourire jusqu'à ce que Mina prenne la parole. Elle remercie l'ensemble du personnel, les soignants et les autres, en citant les prénoms et les mérites de chacun, en prenant soin surtout de n'oublier personne. On dirait qu'elle tremble, je ne l'ai jamais vue comme ça. En tout cas, elle paraît sincèrement émue. Avant de quitter la pièce, une aide-soignante la prend par le bras, l'embrasse, puis lui frotte le dos énergiquement en lui souhaitant beaucoup de courage. Je salue l'assistance à mon tour, d'un timide geste de la main. Les gens s'écartent, on peut enfin sortir.

Dehors, l'air sentait la pluie et des nuages gris fondus les uns dans les autres formaient une voûte opaque. J'ai demandé à Mina si elle souhaitait que je porte le sac de linge, mais elle n'a pas répondu, ou je n'ai pas entendu. On a peut-être marché une demi-heure comme ça pour rentrer à l'appartement, c'était plus loin que je ne l'imaginais. Vu que Mina traînait un peu, on a dû s'arrêter plusieurs fois et je me suis agacé sur la fin. Quand on est arrivés, les chiens m'ont fait une fête incroyable. Surtout Fragger, le vieux malinois, il faisait de grands bons autour de moi en jappant comme un chiot. À tel point que j'ai dû lui serrer la gueule avec les deux mains pour qu'il cesse enfin d'aboyer, sinon les voisins allaient encore se plaindre. Quant à Gamelle, la femelle labrador, elle s'est roulée à mes pieds et n'a plus voulu me lâcher de la journée. C'était une vraie sangsue, elle m'a suivi partout, jusque dans les toilettes.

Ah, la maison. Enfin. Ma chambre, surtout. Quel soulagement de retrouver ma chambre. Je n'ose pas l'avouer mais il m'arrive de souhaiter ne jamais la quitter. C'est mon sanctuaire, le seul environnement qui me paraisse totalement inoffensif. D'ailleurs, rien n'a changé ici depuis des années. D'un coup d'œil, je vérifie que l'endroit est demeuré intact pendant mon absence. Tout est à sa place : mes trophées de foot, puis de e-sport, l'affiche du *Hobbit*. Mon Rubik's Cube sur la table de chevet et la photo de mon père et moi au Noël de mes dix ans. Je retrouve mon lit, calé dans un angle. Je m'y allonge, la tête tournée vers le mur. D'un seul coup, tout va mieux, je me sens apaisé. Ce coin-là, Mina l'appelle « la grotte de Guigui », enfin surtout quand elle veut me rabaisser en me traitant comme un gamin. Je sors très peu de ma chambre, c'est vrai. Mais il n'y a rien dehors que je ne puisse voir d'ici. On est partout et partout en même temps quand on dispose d'une bonne connexion à internet, c'est ce que je dis toujours.

La preuve, grâce à ma petite carrière de e-sportif professionnel, des milliers de gens me suivent et me connaissent, pas uniquement en France mais dans beaucoup de pays. Même sans bouger, j'ai le sentiment d'exister socialement, je sais que je ne suis pas n'importe qui. Et si Mina n'y comprend rien, tant pis pour elle. J'ai renoncé à lui faire entendre que le monde avait changé. Enfin, pour ce qu'elle en sait du monde. Son monde à elle tient dans soixante-dix mètres carrés : un salon salle à manger avec cuisine ouverte, une salle de bains, un débarras et deux chambres. Un minuscule jardin aussi, qui donne sur une cour intérieure tout aussi minuscule. Et l'ensemble encombré de divers objets, plus ou moins anciens, moches et sans valeur. Ce n'est presque rien mais c'est tout pour elle. Quand j'étais petit, on habitait une vraie maison à Villemomble. Mais à la mort du Patron, Mina l'a revendue et on s'est installés ici. Non par dépit mais par conviction : elle voulait « changer d'air » et « vivre à Paris ». Moi je ne voulais pas, mais je n'ai pas eu mon mot à dire. Je sais qu'elle n'aimait pas notre maison parce que c'était mon père qui l'avait choisie seul et aménagé uniquement à son goût. Donc dès qu'elle a pu, Mina a cherché à se trouver un endroit à elle, un petit coin qui lui ressemble. Et elle y a refait son nid. C'est pour cette raison qu'elle entend tout régenter dans cet appartement, elle le considère comme son royaume. Au point d'être en permanence derrière les chiens, à nettoyer. Ou derrière moi, à me surveiller.

Affirmer que Mina m'espionne serait peut-être excessif, mais disons qu'elle m'observe constamment, même sans me regarder. C'est une sorte de jeu sournois en fin de compte. Il s'agit pour elle de conserver une attention continue à chacun de mes faits et gestes, sans avoir l'air de s'en soucier le moins du monde, sans paraître se préoccuper d'autre chose que des tâches ménagères quotidiennes. Que ce soit sa façon de nettoyer la salle de bains après mon passage, sa manière de trier mon linge sale, de le sentir et de fouiller le fond de mes poches, ou bien ses incursions dans ma chambre à heures fixes, soi-disant pour aérer et faire la poussière, tout est minutieusement organisé afin qu'aucun détail de ma vie ne puisse lui échapper.

Si son petit manège semble toujours suivre le même déroulement, elle y apporte parfois quelques variantes notables. Certains jours, par exemple, prenant pour prétexte que le bac des déchets recyclables doit absolument être sorti avant neuf heures du matin, elle pénètre dans ma chambre durant mon sommeil afin de subtiliser la corbeille à papiers qui se trouve sous mon bureau. L'occasion pour elle de vérifier que je dors bien à la maison, que je dors seul, et accessoirement de fouiller dans ma poubelle. Je n'ai quasiment pas d'intimité. Même ces quelques lignes, celles que je suis en train d'écrire, je dois me cacher pour les rédiger dans un document Word protégé par mot de passe. Je dois aussi veiller à ce que mon écran soit systématiquement bloqué en mode veille quand je m'absente de la pièce. Même pour quelques secondes, même pour aller pisser. Je ne lui en veux pas, je sais que c'est une manie chez elle. Et puis, je suis suffisamment lucide sur mes propres lubies pour ne pas fustiger celles des autres. Mina n'a pas de vie, sans sa curiosité maladive et sa maniaquerie obsessionnelle, elle n'a plus rien. Elle n'est plus rien. Quand j'étais petit, ça me révoltait de la voir s'affairer ainsi dans la maison en permanence. Je me demandais pourquoi elle tenait tant à s'occuper des choses et si peu de moi. Et surtout, pourquoi cette furie ménagère provoquait-elle un tel vacarme ? Parfois, elle faisait tellement de bruit qu'on aurait dit qu'elle en voulait aux objets qu'elle astiquait. Je n'avais pas compris qu'il s'agissait de sa manière d'exister, de nous signifier sa présence en quelque sorte, que son agitation domestique la rassurait sur son rôle de mère au foyer et lui donnait l'impression de justifier sa place parmi nous.

Je me souviens qu'un jour – c'était l'année dernière peut-être, ou la précédente, en tout cas récemment – elle est revenue de ses courses en râlant parce qu'on ne trouvait plus de jambon nulle part dans le quartier. Une remarque idiote puisque cela faisait au moins dix ans qu'on n'en mangeait plus, depuis que je lui avais démontré que le blanc de dinde constituait un meilleur choix du point de vue diététique, mais aussi économique. Mais non, Mina est comme ça, elle a ses délires à elle. Disons qu'elle accepte difficilement que les choses changent. Elle est née dans les années 1960 donc elle a tendance à rester coincée dans la France d'avant. Celle de son enfance ou même plus tard, celle de sa rencontre avec le Patron. Elle me parle souvent de ce jour-là d'ailleurs, mais je ne l'écoute pas. Je ne l'écoute plus. C'est comme le café, je ne comprends pas qu'elle persiste à en boire des mugs entiers à tout moment de la journée alors même qu'elle suit un traitement pour ses problèmes d'hypertension. Et je peux toujours essayer de la convaincre en lui mettant sous le nez des études scientifiques sérieuses, elle n'en fera qu'à sa tête. Sa tête d'idiote. Alors, je ne dis rien. Mais vraiment rien. Certains jours, je ne lui adresse pas plus de vingt mots. Pas par méchanceté ou dans le but de la punir de quoi que ce soit, mais parce que c'est du temps perdu, ou plus précisément parce que je n'ai rien à lui dire qu'elle soit en mesure de comprendre, d'analyser ou de critiquer. De manière générale, j'estime n'avoir de conseils ou d'avis à recevoir de personne, alors ceux de Mina... Compte tenu de ses capacités de jugement limitées et du vide abyssal de ses journées, il est bien évident qu'aucun propos sensé ne peut sortir de sa bouche. Tiens, c'est drôle, quand je m'écoute prononcer ces mots, j'ai l'impression d'entendre mon père. Son ton sentencieux, ses phrases sèches. C'est vrai que je parle comme lui, Mina me le répète souvent. Il me faut bien admettre qu'elle seule peut me comparer au Patron. Ceux qui ne l'ont pas connu, mes amis et tous les autres, ne font pas le rapprochement. Ils me font simplement remarquer que je parle comme un vieux. Je comprends ce qu'ils veulent dire, ma voix nasillarde et mes expressions datées sonnent presque comme une imitation de ces acteurs à l'ancienne, ceux des vieux films en noir et blanc. Toute l'influence de mon père. C'est lui qui avait instauré ce rituel familial des soirées « ciné-club », chaque mardi et samedi. Je n'ai jamais compris pourquoi, mais la France des années 1950 le passionnait. En toute logique, il aurait dû être fan de Stallone, de Schwarzenegger ou de Bruce Willis comme tous les types de son âge mais non, il ne s'intéressait qu'à ces histoires d'embrouilles entre bourgeois et à leurs bavardages sans fin. Je me souviens que le film *Le Feu follet* avait sa préférence, l'histoire d'un jeune homme dépressif qui se lasse de tout et finit par se suicider. Mina trouvait ça glauque, moi trop lent. On l'a peut-être vu dix fois ensemble, tous les trois, assis sur le canapé côte à côte, dans une sorte de silence distrait mais respectueux, un peu comme dans la salle d'attente du dentiste. Le reste du temps, il ne se passait rien à la maison. Le Patron lisait beaucoup, Mina s'ennuyait et moi je jouais à la console dans ma chambre. Enfin, tout ça pour dire que si je m'exprime comme un vieux, c'est à cause de mon père. J'emploie des mots désuets – tiens, comme « désuet » par exemple – et on me le fait souvent remarquer. C'est dans l'intonation aussi, ça me donne un côté précieux, paraît-il. Et je prononce toutes les liaisons, à ce qu'on dit, je ne m'en rends pas compte mais c'est un truc qui amuse beaucoup mes followers sur Twitch. Quoi qu'il en soit, je n'y peux pas grand-chose, j'imagine que c'est le lot de tous les enfants de vieux. Mina avait quarante ans quand je suis né et le Patron quarante-huit. J'ai grandi dans une maison sans agitation et sans bruit. On ne voyait personne, les seules voix étrangères qu'il m'était donné d'entendre provenaient des films de mon père. À l'école, je ne connaissais aucun des héros de dessins animés que mes camarades vénéraient. Je n'en ai pas spécialement souffert, ou je ne m'en souviens plus. De toute façon, dès qu'on arrive au collège, tout ça n'a plus d'importance. On s'isole, on relativise. Chacun se fait sa propre culture, seul sur son téléphone. On ne se mélange plus.

Couché sur le lit, je laisse ma chambre reprendre lentement possession de mon corps et de mon odeur. Les yeux fermés, je contemple l'intérieur de mes paupières, conscient d'être enfin revenu à ma place. Je pourrais streamer ce soir, d'ailleurs certains me le demandent déjà sur les réseaux sociaux. Ils veulent avoir de mes nouvelles. Je pourrais le faire, parce que je dispose ici de tout le matériel nécessaire ; ma caméra professionnelle est en place et ma *ring light* me prêterait un visage présentable. Je pourrais oui, mais je n'en ai pas envie. Les forces me manquent et j'ai peur de le laisser percevoir. Mina m'a demandé si je voulais sortir les chiens après le dîner, je lui ai répondu que non. Il fait déjà nuit et je ne souhaite pas me retrouver dehors… En revanche, sans quitter ma chambre, j'irai faire un tour en ville, mais sur Omniverse, mon métavers favori. C'est une copie à l'identique du monde réel. Mêmes villes, mêmes décors, tout est conforme, jusque dans les moindres détails. Il n'y a que les gens et les situations qui diffèrent. Grâce au Vision Pro, mon casque de réalité virtuelle, je m'immergerai totalement dans un autre Paris, un Paris parallèle. Ce sera le moyen pour moi de prendre l'air, de flâner dans les rues, mais sans courir de risque. Je changerai d'apparence, ainsi que d'identité, et on me laissera tranquille.

***

Personne devant chez nous. Le désert. Je remonte vers Montparnasse.

Rue Didot. Bloqué… Encore un arrêt forcé pour un événement publicitaire. Je refuse de répondre à ce genre de quiz débiles. [Escape]

*Jump* rue Hippolyte-Maindron. Regard rapide en haut, en bas, derrière. Accélération… Merde. Encore bloqué. Par un groupe, cette fois. On dirait un happening de zombies queers, ou un truc dans ce genre. Je saute au-dessus.

Rue suivante, à gauche. Il y a foule au carrefour. Racolage de brouteurs déguisés en putes de luxe. Toujours la même faune à cette heure-ci. [Escape]

Je dézone direct place d'Alésia... Blindée aussi. Je filtre sur la langue française, plus personne. Y a pas à dire, c'est vraiment un truc de touristes, Omniverse. [Escape]

Je scrolle sur la carte. Quartier Le Mainguy à Bondy. C'est là que squattait le type qui a tué Alice, Mina me l'a dit ce matin. Allez, go... Personne. Je trace dans les rues à toute vitesse... Personne. Personne, nulle part. [Escape]

Dézoom sur la carte. C'est le désert. D'ailleurs, toute la Seine-Saint-Denis est déserte. Tout le temps. Mais c'est logique : sur les métavers, les gens s'inventent des vies de rêve, personne ne veut traîner en banlieue.

Et puis, qu'est-ce que j'espérais ? Que j'allais tomber sur la famille de ce taré ou sur ses potes, qu'ils me demanderaient pardon en son nom et qu'ils se livreraient à moi dans un exercice spontané de contrition ? Je suis un idiot, un idiot insomniaque. Au fait, quelle heure il est ? Mon casque indique 3 h 12 GMT, dans un coin de ma vision. Ça donne quoi ça, en heure française ? 4 h 12 ? 5 h 12 peut-être ? Il est trop tard, de toute façon...

Allez, faut que j'arrête.

[Quit]

# 6

Je me réveille lentement, un peu perdu et cotonneux, percevant des voix dans un demi-sommeil. Au bruit des gens, à leurs discussions idiotes, je comprends que je ne suis pas en train de rêver. Ma chambre donne sur la rue et si je ne ferme pas entièrement la fenêtre, je peux capter les conversations des passants. Des petits bouts de phrase, le plus souvent, parfois des rires ou même des cris à certaines heures. Les jours de pluie, c'est plus calme mais on entend alors comme le murmure d'un torrent, ça vient du siphon d'évacuation qui déverse dans le caniveau toute l'eau du ciel recueillie sur le toit de l'immeuble. Un son froid et régulier que je trouve agréable, presque mélodieux. En fait, j'aime bien la pluie, depuis que je suis gosse. Il me semble qu'elle m'apaise et dilue un peu mes obsessions. Mais surtout, j'ai plaisir à la regarder nettoyer la ville. Rincer les toits d'ardoise, lustrer les trottoirs. Pour la même raison, et même si je n'ai rien de particulier contre quiconque, je lui suis reconnaissant de provoquer la dispersion des clochards, des vendeurs à la sauvette et des touristes débraillés.

Aucune idée de l'heure mais Mina est déjà debout, c'est certain, je peux sentir l'odeur du café depuis mon lit. Je me lève avec difficulté, mon corps tout entier me paraît fatigué. Fatigué et triste. Cette première nuit à la maison ne m'a pas apporté le repos que j'attendais. Je n'ai pas dormi profondément, je n'ai pas rêvé non plus. De toute façon, je n'ai plus fait le moindre rêve depuis ce qui s'est passé au centre paroissial. Même pas de cauchemar, rien. En tout cas, je ne m'en souviens pas. C'est peut-être mieux ainsi, les psychologues de la maison de repos avaient l'air surpris que je parvienne à dormir sans trop de difficulté. Il paraît que les personnes dans ma situation ne retrouvent plus jamais le sommeil, qu'on est obligé de leur prescrire des sédatifs à vie. De ce fait, mon sort de dormeur lourd s'avère sans doute plus enviable de leur point de vue, je ne sais pas. Non, la seule chose qui m'ennuie vraiment, dans le fait d'avoir cessé de rêver, c'est de ne plus voir mon père. On se retrouvait régulièrement dans mes songes, le Patron et moi. Il pouvait y jouer le rôle d'un professeur, d'un soldat ou même d'un simple passant. Parfois il était tout bêtement lui-même et on reprenait mes souvenirs là où je les avais laissés... C'est fini maintenant. Mais j'imagine que ça reviendra, je me connais. Depuis que je suis petit, j'ai l'habitude de me réveiller dans des limbes, des espèces de rêveries réalistes. Des situations imaginaires mais tout à fait ordinaires et très précises, dont la vraisemblance se prolonge au-delà du sommeil. Et rien n'a changé au fil du temps, si ce n'est que ces rêves se sont faits plus sombres et plus fréquents. Quand, devenu adolescent, j'en parlais à Mina et qu'elle s'efforçait aussitôt de me ramener à la raison, je les maudissais, elle et son obsession de vouloir tout réduire à la réalité quotidienne, aux petites contraintes matérielles et aux horaires à respecter.

– J'ai vu le Patron ce matin, il passait devant la maison. J'te jure. Je l'ai vu comme je te vois.

– Non, tu ne l'as pas vu... Écoute, arrête Guillaume ! Et arrête de jurer ! Ton père est mort, tu m'entends ? Mort et enterré ! Maintenant, tais-toi je t'en supplie ! Et finis tes céréales.

Vieille connasse. J'te déteste.

Quand je rejoins Mina dans la cuisine, mon bol est déjà sur la table. Le reste aussi, la brique de lait de soja, le sachet de cranberries et les œufs frais. Les chiens me réservent un accueil en fanfare et je m'amuse avec eux comme un enfant. Gamelle me lèche les pieds et Fragger dépose soigneusement ses jouets baveux sur mes genoux en guise d'offrandes. Rien ne manque et tout se passe comme d'habitude, enfin comme avant. Pourtant, je sens bien que quelque chose ne va pas. On dirait que Mina me fait la tête. Elle n'a rien dit de particulier mais je la connais par cœur. Je devine qu'elle m'en veut de ne pas me montrer plus triste. Elle voudrait que je me confie, elle aussi, que je me lamente et que je pleure dans ses bras pour qu'elle puisse me consoler. Je vois bien qu'elle souhaiterait que je me comporte enfin comme une victime, comme il serait attendu dans ce type de situation. C'était déjà le cas à l'hôpital mais j'ai l'impression que ça n'a fait qu'empirer depuis que je suis sorti de la maison de repos. Ses regards vers moi sont davantage appuyés, elle soupire bruyamment pour meubler mes silences. Même ses gaufres ce matin ont comme un arrière-goût de reproche, au point de me gâcher tout le plaisir de ce premier petit déjeuner à la maison.

De retour dans ma chambre, je traîne devant la penderie dont les portes en miroir me renvoient la triste image d'un corps ramolli. Douze jours que je ne me suis pas rendu à la salle de sport. Je vois bien que j'ai perdu des bras, que mes épaules tombent un peu. Il me semble aussi que mon visage s'est arrondi et qu'il s'agit là sans doute de l'aspect le plus gênant de ce relâchement. Bientôt, je reprendrai mes émissions sur Twitch et toute ma communauté remarquera mon affaissement. Les filles, surtout. Je sais qu'une partie d'entre elles suivent mes vidéos parce qu'elles me trouvent charmant. Elles me le disent en commentaire de mes streams ou parfois m'envoient des messages directement. Il m'est même arrivé de recevoir des *nudes* en pleine émission. Ce sont des gamines et il ne me viendrait jamais à l'idée d'en profiter. Pour autant, je dois continuer à satisfaire cette partie de mon public. Les statistiques parlent d'elles-mêmes : les filles représentent trente-huit pourcents de mon audience et ce chiffre est en nette progression depuis que je filme mon visage pendant que je suis en train de jouer. Aujourd'hui, beaucoup d'entre elles souhaitent devenir des gameuses professionnelles, en tout cas c'est ce qu'elles affirment, et je ne peux pas me permettre d'ignorer cette clientèle potentielle.

Il est déjà midi et demie, j'ai passé beaucoup de temps dans ma chambre à trier mes affaires, à préparer mon sac de sport, puis à ranger mes vêtements dans la penderie, un à un, dans l'ordre précis où je compte les porter cette semaine. Avant de quitter la maison, je fais un geste particulier en direction de Mina, une sorte de mimique avec le pouce devant la bouche. C'est un code entre nous, ça veut dire que je m'absente pour déjeuner et qu'elle n'a pas à m'attendre. Je me rends dans ma cantine favorite, un endroit où je vais manger seul et debout, mais elle n'a pas besoin de savoir tout cela, d'ailleurs elle ne comprendrait pas. Comment pourrait-elle comprendre ce qui m'amène à déjeuner dans cet endroit précis, à l'apparence banale et d'une propreté incertaine ? Pourtant, c'est simple. Le fait est que j'ai pris le temps d'étudier toutes les enseignes de restauration rapide de la rive gauche, au point que je peux désormais l'affirmer : pour un plein de protéines à un tarif raisonnable, rien ne vaut le SnackSalad de l'avenue Jean-Moulin et sa formule « six ingrédients ». Afin de ne prendre aucun risque, je conserve toujours la base « riz froid » et une viande blanche mais parfois je varie les ajouts. Il faut simplement veiller à choisir le poulet Hallal car c'est le seul qui soit garanti à 58 kilocalories, je ne sais pas très bien pourquoi mais c'est sûrement indiqué sur leur site. Et pas de dessert, bien entendu, le sucre reste un ennemi. Alors évidemment, en termes de goût, ce n'est pas l'extase mais je m'en fiche : au bout de quinze minutes, le repas est englouti et je suis prêt à attaquer mon entraînement, le ventre plein et la conscience tranquille. En revanche, je ne dois jamais oublier d'emporter mon propre flacon de gel hydroalcoolique, car il n'y en a pas à disposition. Si j'en parle, c'est que je suis assez pointilleux au sujet de l'hygiène. Déjà à la fac, on se moquait de moi avec ça. C'était à l'époque du coronavirus, je me souviens, et je portais mon masque en permanence, même à l'extérieur, même quand ce n'était pas encore obligatoire (ou quand ce ne l'était plus) et même seul. J'agissais un peu par superstition, c'est vrai, mais surtout parce que je considérais que ça me protégeait de toutes sortes de bactéries et de particules. D'odeurs aussi. Et c'est un fait, les gens ne se rendent pas compte qu'ils sentent fort ; ils vous approchent souvent sans raison et tiennent à vous parler près du visage. Un vrai supplice pour peu qu'on ait l'odorat sensible. Et puis, il y a le métro et ses effluves de foule mal lavée. C'est incommodant tout ça, enfin moi ça me gêne. Alice le comprenait, du reste elle s'était vite faite à mes phobies et à mes tocs. Elle disait que ce n'était pas un problème pour elle que je ne sois pas tellement porté sur le sexe et le contact physique en général. Que ça me rendait spécial, plus séduisant encore, différent des garçons qu'elle avait connus. Elle faisait semblant de m'écouter quand je me plaignais de maux de ventre ou de douleurs dans les articulations, elle me donnait l'impression de ne pas se lasser de me dorloter. Un peu comme Mina, mais en plus doux. J'aurais tant aimé qu'elles s'entendent, toutes les deux, qu'elles s'accordent à s'occuper de moi. Mais ça n'a jamais vraiment fonctionné entre elles. Dès le départ, j'ai ressenti comme un malaise. Je me rendais bien compte que c'était difficile pour Alice de se donner une contenance quand elle passait me voir le soir, après ses maraudes avec le Secours Catholique. Elle se sentait gênée de venir me retrouver à la maison, elle pensait que Mina ne l'aimait pas. Je lui avais expliqué que c'était une forme de rivalité, que Mina supportait mal de me voir en compagnie de jeunes femmes, en règle générale, mais que ce comportement n'avait rien à voir avec elle. Ce n'était qu'un demi-mensonge. À y repenser, il me semble qu'Alice lui déplaisait plus particulièrement. Ses origines sociales sans doute, et puis la jalousie toute naturelle d'une femme mûre vis-à-vis d'une jeunette qui lui rappelle ses vingt ans et dont elle envie la beauté. Enfin, c'est de l'histoire ancienne maintenant. Je ne sais même pas pourquoi j'en suis venu à parler d'Alice.

Une nouvelle fois, je suis sorti satisfait du SnackSalad. Le repas s'est avéré conforme à mes attentes, et comme le type à la caisse a oublié de me facturer la mini-canette de Coca Zéro, on peut même parler de réussite. Dans la rue, l'air est doux et je prends plaisir à marcher. Quand j'arrive à la salle, Meryem est déjà là, tout son équipement autour d'elle, on dirait qu'elle s'entraîne depuis des heures. Sa brassière rose fluo ruisselle de transpiration et elle porte sur le visage son air satisfait de fin de séance. Qui sait depuis combien de temps elle s'active ainsi ? Il me semble que si je devais la chercher quelque part, quelle que soit l'heure, je serais sûr de la trouver ici. Parfois je me demande même si elle ne passe pas ses nuits au Top Shape. J'imagine que ce serait possible, elle connaît tous les employés et leur donne l'accolade comme s'ils étaient de sa famille. D'ailleurs, ils sont Turcs eux aussi, enfin je crois. Si je ne peux pas vraiment la considérer comme une amie (on ne s'est jamais vraiment côtoyés en dehors de la salle de sport), Meryem représente la parfaite camarade d'entraînement. Toujours positive, en permanence d'humeur égale, son attitude contribue chaque fois à me motiver. J'ai presque l'impression de lui être redevable de cet enthousiasme à l'effort, de devoir mériter de m'exercer à ses côtés. Même si c'est désormais devenu son gagne-pain, il est évident que le fitness constitue pour elle un authentique mode de vie et sans doute le seul sujet qui occupe ses journées. Il suffit de la regarder installer sa caméra sur un trépied et soigner le cadrage avant de filmer sa séance. Elle ne néglige aucun détail, ne pense à rien d'autre qu'à sa propre image. Une vraie pro.

Mon sac sur l'épaule, je me rends à sa rencontre pour la saluer d'un sourire et d'un check avec le poing, comme on en a pris l'habitude depuis qu'on se connaît. En me voyant avancer, son corps se fige puis elle amorce une sorte de mouvement de recul. Je m'arrête net.

– Eh, c'est moi, Guillaume, tu ne me reconnais pas ? OK, j'ai un peu fondu des bras mais tout de même.

– Bien sûr que je t'ai reconnu, voyons ! Franchement, je suis heureuse de te voir, c'est juste que... Je pensais pas que tu reviendrais ici, après ce que tu as vécu. Du moins, pas si tôt. J'ai vu les images, tout ça. C'est affreux ce qui t'est arrivé. J'ai pensé à toi, j'ai même prié pour toi. Pour les autres personnes aussi, et pour ta copine. Je ne la connaissais pas mais, tu vois, ça m'a choquée. Vraiment. Si jeune, comme ça, c'est horrible...

Je ne sais pas quoi répondre, c'est un peu gênant d'évoquer Alice devant elle. On se souvient tous les deux de ce que j'ai fait. C'était il y a six mois à peu près. J'avais invité Meryem à sortir après une grosse séance. On rêvait d'un burger, et elle avait accepté d'un sourire. Mais au moment de quitter la salle, Alice m'avait appelé, elle sortait de la fac et désirait absolument me rejoindre. J'étais surpris à ce moment-là, alors j'ai menti. J'ai bafouillé au téléphone en expliquant que j'étais fatigué et que je préférais rentrer seul chez moi. Meryem se trouvait juste à côté, elle avait tout entendu et tout compris de la situation. Sans un regard, elle a tourné les talons et m'a laissé en plan. Quand j'ai cherché à la rattraper dans la rue, elle m'a dit qu'elle préférait les hommes honnêtes et qu'elle ne souhaitait pas infliger aux autres ce qu'elle n'aimerait pas qu'on lui fasse, ou quelque chose de cet ordre. Je m'en suis voulu toute la soirée mais dès le lendemain, quand je lui ai présenté mes excuses, elle m'a répondu que c'était déjà oublié. Depuis, on n'en a plus jamais reparlé. Je ne sais pas ce qui m'avait pris de l'inviter à dîner, rien que tous les deux, en tête à tête. Même au Five Guys, ça ne se fait pas, on n'invite pas un copain d'entraînement au resto. Mais j'étais sous son charme, je crois. Il faut dire qu'elle a un corps parfait, Meryem. De profil, surtout. On pourrait poser un vase sur sa chute de reins. Et puis, elle a de beaux yeux noirs, à la fois brillants et profonds, et qui deviennent encore plus profonds et brillants à mesure qu'elle intensifie ses efforts physiques. Il y a sa voix aussi, douce et indulgente. Enfin, je ne suis pas le seul à la trouver jolie, on n'attire pas soixante mille followers sans raison. Dans le domaine du fitness sur Instagram, la concurrence est rude.

— Je suis désolée mais je dois y aller. Ma séance est terminée, c'étaient les épaules aujourd'hui. Tu reviens demain ? Je compte faire les jambes. Il y a du boulot et j'aurais besoin de ton soutien. Et puis comme ça, on pourrait discuter. Ça te va ?

Elle s'adresse à moi comme à un collègue de travail ou un voisin de palier. Avec une certaine chaleur mais sans aucune manière, ni affectation, et je crois que c'est très bien ainsi. Je ne représente pas grand-chose dans sa vie, c'est évident. Ce qui m'est arrivé ne l'a pas empêchée de dormir, de venir à la salle, ni même de poster des photos de ses cuisses sur Instagram. Et tant mieux, je dirais. Elle me considère comme un simple camarade d'entraînement, rien de plus mais rien de moins. Tout en la regardant s'éloigner vers le vestiaire des filles, je me dis qu'il est réconfortant de constater que certaines choses ne changent pas.

## 7

De retour de la salle de sport, je me suis effondré sur le lit. Chacun de mes muscles se rappelait à mon souvenir, se vidant d'acide lactique comme un poulpe crache son encre. Passé la sensation de douleur, j'ai finalement accueilli ces courbatures avec une certaine émotion. À l'évidence, et même si je l'ai beaucoup négligé, je disposais toujours d'un corps fonctionnel et résilient. Je me suis allongé sur le côté droit, afin de ne pas sentir battre mon cœur. Je n'ai plus envie de bouger maintenant, je souhaite rester là, à ne rien faire. Et pourtant, on ne cesse de me solliciter. Ding. Ding. Et allez, deux messages de plus, j'en suis à douze depuis ce matin. Une association d'aide aux victimes, des pseudo-journalistes, un cousin éloigné. Mon téléphone sature de propositions généreuses et de témoignages compatissants. Ça devient pénible à la longue. Loin de m'attendrir, ces attentions m'oppressent. Un peu plus tôt, pendant que je m'entraînais, Raphaëlle m'a laissé un message vocal sur WhatsApp. Apparemment, elle aurait invité des amis d'Alice, ainsi que quelques-uns de mes potes, à se réunir chez elle ce soir. Quelle drôle d'idée. Je ne comprends pas le sens de cette réunion mais j'imagine qu'elle entend ainsi me forcer la main, m'obliger à sortir de ma chambre, d'une manière ou d'une autre. Tout le monde sera là ; c'est bien simple, il me semble que si je n'y allais pas, il ne manquerait que moi. De sorte qu'on ne parlerait que de moi, mais sans moi. On jaserait sur mon compte, on dirait que je ne serai plus jamais le même dorénavant, on me considérerait comme une sorte de loque ou de handicapé mental. Je l'ai déjà dit mais je connais les gens, je sais comment ils se comportent dès qu'on a le dos tourné. Moi le premier, je ne fais pas de cadeau. Pour être honnête, et sans dire que j'aime la misère des autres, je dois avouer que leurs échecs et leurs petites déconvenues me réconfortent. Elles me font apprécier mon sort, me rappellent que je vaux mieux qu'eux. À l'inverse, leurs réussites, même les plus spectaculaires, me laissent indifférent tant je sais bien les examiner, les réduire à pas grand-chose. Ce ne sont pas des sentiments très nobles, j'en conviens, mais on peut m'accorder le mérite de la sincérité. Pas comme tous ces hypocrites qui saturent mon portable de textos dégoulinants. Et pas comme la psy de Sainte-Anne... Plonk ! Plonk ! J'entends Mina passer l'aspirateur en donnant de grands coups de balai contre la porte de ma chambre. Une manière détournée de me faire comprendre qu'elle veut que je me lève et que je vienne lui tenir compagnie. Je l'ai à peine croisée depuis ce matin donc ça l'agace, forcément. Et en retour, elle m'exaspère. Évidemment. On n'en sort pas. Vas-y, Mina, cogne toujours, je ne bougerai pas. Ça te ferait trop plaisir.

Il est presque dix-neuf heures quand je descends la rue Beaunier à grandes enjambées, les yeux baissés afin de me donner l'air absent et ne pas attirer l'attention. Je rase les murs, me tenant le plus loin possible de la voie, et je m'écarte le premier dès que quelqu'un s'apprête à me croiser sur le trottoir. Ce n'est pas nouveau, j'ai toujours fait comme ça. Il me semble que c'est la bonne manière de déambuler dans les rues de Paris, la seule qui permette, autant que ce soit possible, d'éviter les ennuis. J'ai déjà près d'une heure de retard mais ça m'est égal. Il ne me viendrait pas à l'esprit de débarquer en avance à ce type de réunion faussement improvisée.

Arrivé devant l'immeuble, je tombe sur un coursier à vélo en train de s'affairer dans le hall d'entrée, il tient la porte grande ouverte. Je me faufile derrière lui pour prendre l'escalier et monte lentement les marches jusqu'au troisième étage. Sur le palier, j'entends déjà comme un bourdonnement sourd provenir de l'appartement de Raphaëlle. Je distingue différentes voix, trop de voix, certaines résonnent comme des rires étouffés. J'hésite à rebrousser chemin mais je sonne tout de même. La porte s'ouvre aussitôt ; évidemment, je suis attendu. Raphaëlle m'accueille d'un regard doux et m'embrasse en me faisant entrer. Au premier coup d'œil, je dénombre une douzaine de personnes dans l'appartement, ou peut-être moins, mais en tout cas beaucoup trop pour un endroit aussi exigu. La plupart d'entre elles sont assises par terre, en tailleur, d'autres lovées sur un sofa. Un plafonnier en rotin diffuse une lumière ambrée. Pas de musique ou de parole trop haute. Deux mugs à thé et quelques bouteilles de bière trônent sur la table basse autour d'un cendrier vide. L'événement ne se veut pas festif, à l'évidence, mais pas formel non plus. On se situe plutôt dans une ambiance retenue, entre le pot de départ et la veillée funèbre.

Rapidement, quelques invités se lèvent, puis un petit groupe se forme et s'avance vers moi. Parmi eux, je reconnais Paul, César et Antoine, mes copains de fac. Je les salue, un à un, en faisant mine de ne pas remarquer leurs sourires forcés. Ils ne savent pas comment me parler, je ressens leur embarras, certains craignent même de croiser mon regard. Afin de les libérer de cette gêne pesante et dans le souci de m'épargner la répétition fastidieuse d'insincères formules de politesse, je décide de m'adresser à tout le monde, à voix haute et presque à regret, comme on se lance parfois dans une fuite improvisée dont on sait seulement qu'elle finira mal. Je commence par les remercier d'être venus, puis les mots se bousculent, ils m'échappent. Il n'y a rien à dire, et pourtant je parle. Je parle parce qu'on m'écoute. Au bout d'un moment, peut-être cinq minutes, peut-être une heure je ne sais pas, je m'entends leur énoncer, dans les détails les plus crus, l'enchaînement précis des événements lors de l'attaque. Les cris, les tirs, le sang sur moi, le froid qui m'engourdit, les premiers secours qui me croient mort, enfin la totale quoi. J'en dis sans doute trop et ça manque sûrement de pudeur mais j'ai l'impression de leur donner ce qu'ils attendent.

Tandis que je m'étale sur mon bilan de santé, Raphaëlle s'éloigne discrètement du groupe, se cachant le visage entre les mains. Je m'interromps aussitôt. On dirait que je l'ai blessée, que j'ai dépassé la limite sans m'en rendre compte. C'est possible, j'ai perdu toute notion de décence. Et je m'en veux... Les gens regardent par terre à présent, certains me tournent le dos. Le malaise est général. Sans doute impatient de me parler, ou soucieux de m'éviter de m'enfoncer davantage, Paul me prend par le bras et m'entraîne à l'écart des autres convives, vers une sorte de petit comptoir en bois ciré donnant sur la cuisine ouverte.

– Tu veux une bière ? Il en reste quelques-unes, Raphaëlle a dit qu'on pouvait se servir.

– Non, merci. De l'eau me suffira.

Paul fouille dans le réfrigérateur, il se comporte comme s'il était chez lui. Il finit par extirper une canette du bac à légumes puis me remplit un verre d'eau du robinet. Tout en déposant le verre devant moi d'une manière délicate, il semble chercher dans mon regard les restes d'une ancienne connivence, l'autorisation de me parler sans retenue.

— Tu sais, je t'ai écouté avec beaucoup d'attention, Guillaume. Au-delà de la tragédie que tu traverses, de la souffrance que tu ressens et qu'aucun d'entre nous ne peut imaginer, quelque chose a frappé le biologiste que je suis... Humm... C'est assez délicat à expliquer.

— Vas-y, je t'écoute.

— Eh bien voilà, d'après ce que tu décris, on pourrait rapprocher ton expérience de mort imminente d'un phénomène animal, relativement connu des spécialistes et bien documenté. Un phénomène que l'on appelle la thanatose.

— Le nom me dit quelque chose. On n'avait pas vu ça en M2 à l'époque ? Dans les cours d'épigénétique du docteur Delanneau ?

— C'est possible, oui. Je ne me souviens plus. Mais en tout cas c'est une manifestation biologique que l'on étudie assez fréquemment, que ce soit du point de vue génétique ou comportemental. En définitive, il s'agit d'une espèce de système de défense, un mécanisme héréditaire et tout à fait inconscient. Un processus atavique qu'un stimulus singulier ou même un contexte de stress particulièrement violent peuvent activer.

Son visage s'illumine, il me parle d'une voix plus virile, plus assurée aussi, comme s'il s'adressait à l'un de ses étudiants.

— Dans ton cas, il me semble que c'est un peu le même phénomène qui s'est produit. En t'effondrant de cette façon, on a l'impression que tu as réagi inconsciemment, et de manière préprogrammée, à une impulsion exogène.

– En clair, tu veux dire que j'aurais été tétanisé par le bruit et la soudaineté de l'attaque et que c'est pour cette raison que je me serais évanoui, c'est ça ? Comme une poule devant un caisson de basses, en quelque sorte.

– Pas vraiment... Dans la situation que tu décris, on se rapprocherait davantage de l'immobilité tonique, qui est un autre comportement biologique bien connu. Mais c'est un peu différent de la thanatose. L'immobilité tonique, c'est un réflexe non maîtrisé par l'animal. Il semble paralysé, son corps se raidit, son rythme cardiaque s'interrompt un instant, mais dès qu'il retrouve ses esprits, au bout de quelques secondes, il tente immédiatement de s'enfuir. On trouve cela chez beaucoup d'espèces, la souris ou le requin notamment. Non, dans ton cas, c'est plus troublant, et il me semble que ça va au-delà d'un simple réflexe de sidération. C'est comme si tu avais instinctivement activé un mécanisme de défense, un mécanisme à la fois complexe et maîtrisé. Tiens, comme chez l'opossum, par exemple. En présence d'un prédateur, il s'effondre, les membres étalés et inertes, la gueule ouverte et les yeux révulsés. Il se transforme instantanément en un véritable cadavre. C'est à s'y méprendre, de l'aspect de sa fourrure jusqu'à l'odeur, tout y est. Et, de ce que je comprends, les premiers secours arrivés sur place ont failli prononcer ton décès pour plusieurs raisons : l'absence de pouls, certes, mais aussi l'aspect cadavérique de ton corps, sa froideur. C'est en cela qu'on peut y voir une forme de thanatose, comme pour l'opossum. Il s'agit d'un comportement totalement inconscient, propre à l'espèce. Un mécanisme hérité, inscrit dans le génome. Mais on n'a jamais observé cela chez l'homme, jamais. C'est pour cette raison que ton expérience me paraît à la fois glaçante et fascinante.

Il a continué ainsi pendant de longues minutes, se passionnant pour mon dossier médical et les résultats de mes tests neurologiques. Tout ce temps, je l'observais du coin de l'œil sans vraiment l'écouter. De format normal, comme moi, Paul s'avère nettement moins beau. Outre d'épaisses lunettes, il porte un gros nez à bout rond qui manque d'élégance mais qui contribue à adoucir les traits de son visage jusqu'à lui conférer un air sympathique. Si son physique ne lui vaut aucune attention particulière, il ne présente pas non plus de disgrâce majeure, n'exagérons rien. Certains lui trouvent même une forme de charisme. Pourquoi pas. Non, son seul véritable défaut c'est qu'il parle sans arrêt. Il fait trop de phrases. À un point qu'il devient souvent difficile de le suivre et plus encore de l'interrompre. Au téléphone par exemple, il s'avère presque impossible d'entretenir une conversation avec lui : comme il ne donne jamais l'impression d'avoir terminé son raisonnement, on ne sait plus vraiment quand on peut parler. C'est très agaçant.

Tout compte fait, la réunion a tourné court. Et plus vite que prévu. Était-ce dû à mon comportement ? Je ne crois pas. Il se trouve que trois copines de TD d'Alice, que je connaissais à peine, souhaitaient retrouver d'autres étudiants qui organisaient une soirée dans un bar associatif du côté d'Oberkampf. Elles insistaient pour que Raphaëlle et le reste des convives les y rejoignent, mais elles semblaient gênées de me demander de les suivre. Elles semblaient gênées de me parler, d'une manière générale. C'est à ce moment-là que j'ai mis tout le monde à l'aise en expliquant que je devais rentrer pour m'occuper de mes chiens. Je n'avais aucune envie de sortir dans un bar, pour être honnête. D'ailleurs, je ne bois jamais d'alcool. Pas pour des raisons morales ou parce que je n'aime pas, mais parce que je considère que ça ne sert à rien. Sinon à prendre du ventre, ce dont je n'ai pas besoin. D'autre part, non seulement l'alcool est plus calorique que le sucre, mais il accélère grandement le vieillissement des cellules, on oublie trop souvent de le dire. Les télomères, ces petites séquences non-codantes d'ADN à l'extrémité des chromosomes, raccourcissent de manière plus importante dès lors que l'on boit de l'alcool, c'est prouvé. Et puis, c'est cher cette saloperie. Dans les bars de nuit, on ne vous sert pas un verre à moins de quinze euros. Non, l'alcool, très peu pour moi. Je sais encore effectuer une balance bénéfices-risques et je ne vais sûrement pas me ruiner pour me concocter, à petit feu, un cancer du pancréas.

Quant aux dégâts neuronaux, je n'en parle même pas. Je me souviens comment le Patron changeait d'humeur quand il avait deux verres de trop. Ce n'était pas un alcoolique mon père, attention, simplement il avait ses jours. Il ne buvait que le vendredi, comme il répétait souvent, mais il arrivait que certaines semaines comportent plus de vendredis que d'autres. Bref, pour toutes ces raisons, je préfère rester chez moi. Je n'ai pas envie d'alcool, de musique et de bruit, je dispose dans ma chambre de tout ce dont j'ai besoin.

***

Square de Châtillon. Un petit groupe de gens danse devant l'hôtel. Il me semble reconnaître l'un d'entre eux. Je les bouscule, passe au milieu de la bande, mais ils ne me remarquent pas.

Je remonte l'avenue Jean-Moulin.

À gauche, la rue de Coulmiers. Ses petits jardins, tout en longueur. Personne. [Escape]

Mes soirées sur Omniverse se suivent et se ressemblent. Chaque fois, je me dis que je vais me promener au hasard, un peu partout et sur tous les continents. En profiter pour voir du monde, au moins virtuellement. Mais je finis toujours par traîner aux mêmes endroits, arpenter mon petit bout de territoire, entre Montparnasse et la Porte d'Orléans. Un secteur qui correspond, à peu de chose près, à ma zone de balade quand je sors les chiens. J'ai l'impression qu'on est comme les animaux, en fin de compte, qu'on a tous notre domaine attitré, un périmètre géographique délimité où l'on pourrait se mouvoir légitimement et au-delà duquel on se mettrait en danger. Dans le virtuel, c'est pareil. Je me sens à ma place quand je me promène dans ce coin-là, j'y retrouve le même décor que dans la vie réelle mais en plus sûr et moins sale.

Rue suivante, à gauche, je remonte vers la place d'Alésia. On se retrouvait souvent devant l'église avec Alice. D'ailleurs, c'est... Eh, mais c'est elle que je vois là ! Sur le parvis.

Non, mais... Non. Non, je dois halluciner. C'est impossible. Le visage, les fringues, l'allure. Tout. C'est Alice, c'est elle !

<slashg0rd0n> Alice ? c'est toi ?
[Utilisateur anonyme - Discussion désactivée]

Merde, elle est en mode anonyme... Et elle trace, en plus. Tant pis, je la suis.

Non mais c'est dingue, elle porte le même pull que... Non, non, reviens ! Attends, eh !

Je l'ai perdue.

[Quit]

# 8

Je n'ai pas dormi de la nuit. Pas à cause du bruit de la rue, j'avais bien fermé la fenêtre cette fois, mais j'ai pensé à Alice ou plutôt à l'apparition fortuite de cet avatar qui lui ressemblait trop. J'ai retourné ça mille fois dans ma tête, et dans tous les sens, rien n'en est sorti. Qui pourrait avoir l'idée de se faire passer pour elle dans le métavers ? Et comment expliquer le choix de cette coiffure et de cette tenue, identiques en tout point à la coiffure et à la tenue d'Alice le jour de sa mort ? Qui peut être assez tordu pour s'attacher à ce genre de détails sordides ? Une intelligence artificielle ? Oui, peut-être. Mais alors dans quel but, et comment aurait-elle pu accéder à ces informations sur son apparence au moment de l'attaque ? D'autant qu'il n'y a pas eu de photos de la scène de crime diffusées dans la presse, en tout cas pas à ma connaissance. Donc qui ? Un témoin ? Un proche ? Ça m'a rendu dingue. Je n'en ai pas pleuré mais presque... Et puis, au fil de la nuit, mon angoisse s'est tapie sous un voile de doute, de plus en plus épais. J'ai fini par me demander si je n'avais pas simplement rêvé cette apparition. Après tout, il était tard et la soirée chez Raphaëlle m'avait épuisé. J'aurais très bien pu me tromper. C'est à partir de ce moment-là, il me semble, qu'une sorte de détachement m'a progressivement gagné. Je me suis mis à écouter le silence bourdonner à mes oreilles tout en méditant sur le vrai et le faux, le réel et l'imaginaire. Sur l'inanité des choses et des événements de la vie. J'ai peut-être passé des heures comme ça, à discuter avec moi-même, avant de voir apparaître un rai de lumière entre les volets.

Il doit faire grand jour à présent mais je n'ai pas envie de me lever. Je tente encore de trier les idées qui m'encombrent. Du reste, en repensant à ma discussion avec Paul et à cette histoire de thanatose, il m'est revenu en mémoire un événement précis. C'était il y a plusieurs mois, il faisait très chaud, ce devait être au mois d'août de l'année dernière, ou peut-être même en septembre, je ne souviens plus et ça n'a pas d'importance. Je rentrais à la maison à pied après une course au Daily Monop' où je venais d'acheter des glaces et d'autres trucs faciles à manger devant l'écran. Alors que je remontais la rue, j'ai vu devant moi une jeune cycliste se faire serrer par une voiture contre le bord de la chaussée et chuter lourdement sur le trottoir. Le même trottoir que j'étais en train d'arpenter et qui me menait à sa rencontre. À ce moment-là, je me souviens avoir regardé autour de moi avant de traverser la rue et de poursuivre mon chemin, comme si je n'avais rien vu de ce qui venait de se passer. La jeune femme hurlait de douleur mais avec mon imposant casque audio sur les oreilles je prétendais ne rien entendre. La rue était presque déserte, ce qui m'a un peu dérangé sur le moment : parmi la foule, ma fuite serait à coup sûr passée inaperçue. Arrivée à l'angle de l'avenue principale, je me suis retourné. La cycliste s'était relevée avec l'aide d'un passant. Elle tenait sa jupe à mi-cuisse, boitant sur sa jambe droite. Son genou semblait saigner abondamment. Le type à côté d'elle avait une apparence quelconque mais il se montrait rassurant et sûr de ses gestes. Attentionné et prévenant, il n'avait pas l'air malsain du tout. Ce que je vais dire peut paraître surprenant mais j'ai réalisé à ce moment précis qu'il existait vraiment des gens comme cet homme – et il y en a sans doute beaucoup plus qu'on ne le croit – qui sont à l'aise dans toutes les circonstances de la vie. Des gens qui adoptent en permanence l'attitude qui convient, des gens pour qui les bons gestes sont naturels. Ils n'ont certainement jamais appris, pour eux c'est comme un réflexe. En fait, ils agissent d'instinct, voilà. Et d'instinct, moi, je fais le mort. C'est certainement ce que voulait me dire Paul, enfin c'est ce que j'ai retenu de notre conversation.

Sacré Paul. Quand on étudiait ensemble en Master BMC (Biologie Moléculaire et Cellulaire), c'était lui le meilleur. D'ailleurs, ce n'est pas un hasard si je me suis efforcé de demeurer son binôme attitré durant tout le cursus. Pas que j'avais besoin de lui pour être diplômé, je l'aurais été dans tous les cas, mais disons que son talent m'a coûté moins d'efforts. Par ailleurs, j'aimais bien étudier le vivant. Les bactéries, les virus, le fragile équilibre des cellules. Sans tout maîtriser, ni se soucier de rien, on mettait le nez dans la minuscule horlogerie de la vie. Je trouvais ça amusant et stimulant, enfin au début surtout. Attention, quand je dis que Paul était le meilleur je ne dis pas qu'il était plus intelligent que moi. De fait, je n'ai rencontré personne à ce jour de plus intelligent que moi. Simplement, sa motivation, son caractère d'homme d'action et ses principes le conduisaient à s'investir tout entier dans ses études quand, de mon côté, je préférais employer mon intelligence autrement, disons de manière moins productive. OK, je jouais beaucoup à ce moment-là, c'est vrai, et je commençais même à me faire pas mal d'argent. Ensuite, au début de la deuxième année, dès que j'ai compris qu'en jouant en ligne six heures par jour je gagnerais dix fois le salaire d'un chercheur du CNRS, j'ai vite fait mon choix. C'est aussi en cela que je me considère plus intelligent que Paul, j'estime que je me suis mieux adapté à mon biotope. Parce qu'il lui faudra bien vingt ans de travail, dans son petit labo de recherche, pour se constituer la fortune que j'ai acquise sur internet en quelques mois. J'avais bien essayé de lui en parler, il y a deux ou trois ans, quand il venait de se faire embaucher, mais il ne voulait rien entendre. Disons plutôt qu'il préférait se voiler la face. Une question d'éducation j'imagine, il raisonne encore en fils de militaire. La fin du travail c'est quelque chose d'impensable chez ces gens-là. C'est comme cette pauvre Mina qui me demande régulièrement quel métier je compte faire, comme si je n'arrivais pas à me décider, comme si je cherchais encore ma vocation. Elle a un siècle de retard. La question n'est pas tant de savoir quelle profession exercer mais pour quelle raison travailler. Ça n'a plus aucun sens aujourd'hui. Tous les boulots se ressemblent, on y perd sa vie. Si l'on possède quelques prédispositions et un minimum d'estime de soi, on ne peut décemment pas se lancer là-dedans. Alors bien sûr, il faut disposer d'assez d'argent pour se passer de bosser, mais enfin des moyens existent. Des moyens légaux, je veux dire. Mon truc à moi, c'est le *gaming*, les jeux vidéo, comme on disait quand j'étais petit. Un bon moyen d'amasser de l'oseille tout en se distrayant même si, à la longue, c'est davantage devenu un business qu'une passion. Mon jeu en particulier, ma spécialité si je peux dire, c'est LoL. C'est le diminutif de *League of Legend*. Il s'agit d'un jeu de combat et de stratégie, dans l'esprit médiéval-fantastique, qui se joue en équipe, à cinq contre cinq. On dit LoL comme on dit WoW pour *World of Warcraft*, ou CoD pour *Call of Duty*. Chez les gamers, c'est comme ça, on n'a pas le temps de prononcer les mots entiers ou de faire des phrases. Tout va très vite dans ce milieu. La preuve, six mois seulement après avoir découvert l'existence de ce jeu, j'étais déjà devenu professionnel. Une grosse équipe suédoise m'avait recruté et je devais même disputer le LEC, l'équivalent du championnat d'Europe. On parlait de moi partout, je jonglais entre plusieurs fuseaux horaires, je n'avais plus le temps de dormir. C'est à ce moment-là qu'on s'est pris la tête avec Mina... Elle m'a supplié d'arrêter, elle a commencé à me faire du chantage, à me menacer de partir. J'avais beau lui expliquer que je gagnais beaucoup d'argent, elle ne voulait rien savoir. Elle trouvait que c'était une activité malsaine, presque honteuse, comme jouer au casino ou faire le gigolo, que c'était du même genre. Elle estimait que c'était une forme de déchéance et que je faisais honte à mon père là-haut. Alors depuis j'ai calmé le jeu, si j'ose dire. Désormais, je me contente de streamer un peu et de coacher des débutants. Pas plus de six heures par jour, c'est notre accord avec Mina. Pour l'instant, ça me suffit pour me faire plus d'argent que 95 % des jeunes de mon âge et c'est très bien ainsi. Malgré ce que pensent certains *haters*, je ne cherche pas à écraser tout le monde.

Je ne suis sorti de ma chambre que vers onze heures, guidé par une sensation de faim aussi soudaine qu'indistincte. Dans la cuisine, Mina avait déjà débarrassé la table du petit déjeuner, de sorte que j'ai dû me rabattre sur la corbeille de fruits afin de trouver de quoi patienter jusqu'au repas de midi. Occupée à préparer je ne sais quelle tambouille sur le plan de travail, Mina me tournait le dos et faisait semblant de ne pas m'entendre. Ce devait être de la viande qu'elle coupait en morceaux, à en juger par le regard alangui que lui lançaient les chiens assis à côté d'elle. Je me suis installé à table et, comme elle ne bronchait pas, j'ai toussé bruyamment tout en épluchant une banane, afin de la forcer à s'intéresser à moi.

– Ah Guillaume, tu es là ? Je me demandais si tu étais bien rentré. Comme je me suis couchée tôt, je n'ai rien entendu. Ta soirée s'est bien passée ? Ce n'était pas trop difficile de revoir tout ce monde ? J'imagine que vous avez beaucoup parlé d'Alice. Et tant mieux dans un sens, cela t'a sûrement fait du bien. C'est important de partager ses émotions, tu sais, de ne pas tout garder pour soi.

Comme souvent, elle fait les questions et les réponses. La journée commence à peine et elle me fatigue déjà.

– La soirée s'est bien passée, oui. Beaucoup de gens ont parlé. De tout et de rien... Finalement, je suis parti le premier, les autres ont fini dans un bar.

J'hésite à évoquer la suite et ma rencontre avec le fantôme d'Alice, mais il me semble que ce n'est pas le moment. Et puis, je me figure à l'avance ce qu'elle pourrait me répondre. Je préfère changer de sujet.

– Mina, tu sais si le Patron avait déjà connu des évanouissements dans sa jeunesse ? Je veux dire, comme des crises d'apoplexie ou des épisodes catatoniques, enfin tu vois, des trucs dans ce genre.

– Ah non, non. Jamais. Pourquoi cette question ?

– Pour rien.

— Tu ne vas pas encore me reprocher ce qui est arrivé à ton père, hein ? Je te l'ai déjà dit mille fois, Guillaume : j'avais pris des cachets pour dormir et, quand il est tombé...

— Mais non, arrête ! Tais-toi ! Je ne te parle pas de ça.

Son corps s'est raidi. D'un geste sec, elle a jeté aux chiens quelques bas morceaux, du revers de la main, puis elle s'est essuyée sur son tablier avant de venir s'asseoir à table, en face de moi. J'imagine qu'elle se sent un peu honteuse, elle a tourné la tête de l'autre côté dès que mon regard a rencontré le sien.

— Maintenant que j'y pense, il y avait bien une histoire que ton père se plaisait beaucoup à raconter, à une certaine époque, même si ce n'est pas tout à fait le même sujet. Quand je l'ai connu, il se vantait d'avoir été réformé du service militaire en ayant simulé une crise d'épilepsie, dès le premier jour, sous le nez du sergent instructeur. Il disait que tout le monde n'y avait vu que du feu, même le médecin de l'armée qui l'avait aussitôt secouru. Et même ton père, d'une certaine manière, qui avait été le premier surpris de son effet.

— Humm... Ça n'a pas grand-chose à voir, c'est clair.

— Je sais, mais je ne me souviens de rien d'autre de cet ordre à propos de ton père. Quant à la famille de mon côté, j'ai bien une tante qui a fait un AVC en pleine rue, mais elle fumait beaucoup. C'était ma tante Nicole, tu sais, celle de Saint-Nazaire, je t'en ai déjà parlé.

La voilà repartie. Elle se met à me raconter ses souvenirs, les mêmes histoires que j'ai entendues mille fois. Je ne fais plus attention à elle, je suis penché sur mon téléphone. Elle ne s'en offusque pas, elle a l'habitude. On peut rester longtemps l'un à côté de l'autre, sans s'écouter. Chacun suit son idée. La mienne est confuse, brouillée par les images. Sous mes yeux défilent des vidéos stupides ou des publicités que je coupe avant la fin. Je pourrais retourner dans ma chambre mais j'ai la flemme de me lever de table. Bientôt viendra l'heure du repas et on me dressera le couvert, alors j'attends. Mon regard se perd un instant par la lucarne au-dessus de l'évier. Il a l'air de faire beau dehors même si on dirait qu'au loin des types s'engueulent dans une autre langue. Ils se trouvent sans doute de l'autre côté de la cour mais on les entend distinctement car Mina ouvre toutes les fenêtres dès qu'elle se met à cuisiner. C'est moi qui le lui demande, à cause des odeurs.

— Au fait Guillaume, tu as vu sur internet ? Ils ont reparlé de nous, ils ont retrouvé l'arme.

Et rebelote. Bien que je m'en fiche comme du reste, Mina insiste pour me tenir au courant des avancées de l'enquête. Cette fois, on a appris dans la presse que l'arme du crime ainsi que les munitions avaient été subtilisées chez un brocanteur d'Aubervilliers lors d'un cambriolage survenu il y a quelques mois. La belle affaire. Pour le reste, rien de nouveau. Le suspect ne parle toujours pas, on ne lui trouve aucun complice, pas de mobile, rien. Un tireur fou, un loup solitaire, on en reste là. Un sur un million, quoi. La faute à pas de chance. Fin de l'histoire. Et pourtant, elle parle, elle parle, elle imagine encore des complots alambiqués et se figure un tas de choses qu'on nous cache. Il faudrait qu'elle arrête de regarder la télé, c'est ce que je m'évertue à lui expliquer depuis le début. Il n'y a rien à comprendre, on meurt aussi connement qu'on naît. Voilà tout.

Demain ce sera peut-être mon tour, je lui dis. Je choperai peut-être un virus ou je me ferai écraser par un bus. Qui sait, je suis peut-être déjà rongé par une maladie incurable ?

Et là, elle se met à pleurnicher, en fixant du regard son pilulier, posé en évidence au milieu de la table à côté de la boîte à sucre où il est inscrit « Souvenir du Grau-du-Roi ». J'aurais dû m'en douter, il faut toujours qu'elle ramène tout à elle.

# 9

Solange et François passeront prendre le café en début d'après-midi, Mina me l'a annoncé en plein milieu du repas. Apparemment, ce n'était pas prévu, ils ne l'auraient avertie qu'au dernier moment et par un simple SMS. J'ai trouvé ça un peu grossier de leur part, toutefois je n'ai rien dit. Mina sait que je n'aime pas les surprises mais elle n'a pas osé s'opposer à leur venue, d'autant qu'ils ont précisé avoir quelque chose d'important à nous dire. En revanche, elle m'a demandé si Solange ne risquait pas d'être incommodée par la présence des chiens. Je lui ai répondu que si, sans doute, enfin certainement, qu'il valait mieux les enfermer dehors pour éviter tout risque d'incident ou de malaise. Je n'en savais rien mais ça me semblait évident.

En tant que telle, la visite des parents d'Alice ne me dérange pas mais j'aurais préféré les rencontrer ailleurs qu'ici. Dans un endroit public par exemple, ou même chez eux. L'idée qu'ils puissent s'immiscer ainsi dans mon intimité me met mal à l'aise. Ce n'est pas pour rien qu'on ne les a jamais invités. Je n'ai pas envie qu'ils jugent l'appartement où nous vivons, que leur regard curieux se pose sur chaque bibelot de Mina ou sur nos vieilles photos de vacances, du temps de mon père. Aucune honte là-dedans, disons que ça me contrarie, c'est tout. Même si je les ai côtoyés régulièrement ces derniers mois, je ne les considère pas comme faisant partie de ma famille ou de mon entourage proche. Il a toujours existé entre nous une forme de distance, certainement liée à mon manque d'éducation. Il faut dire que je ne ressemble en rien aux garçons avec qui Alice avait l'habitude de sortir depuis l'adolescence. Des jeunes gens bien élevés, attentionnés et prévenants, tous issus de Louis-Le-Grand, comme elle. De jolis garçons, à la mèche bien peignée. À chacun elle avait parlé d'amour et confié ses petits projets d'avenir. Un soir d'hiver, en sortant d'une séance de cinéma, main dans la main, ou bien au clair de lune, sur une plage de Noirmoutier, après avoir fumé dans le dos de ses parents. Moi, l'adolescence, c'est un truc que je n'ai pas connu. Ni les veillées au bord de la mer, ni les clopes en cachette avec les copains. Ni les copains. Alors les amourettes et les rêves des filles, n'en parlons pas. Je ne sais rien de ces choses-là, vraiment. Je suis passé de l'âge de douze ans à celui que j'ai aujourd'hui, en l'espace de quelques minutes, un lundi matin. On saute beaucoup d'étapes quand ça se passe comme ça.

Pour autant, je n'en veux nullement à Solange et François de se montrer distants à mon égard, de ne pas m'estimer davantage. Comme j'ai fait promettre à Alice de ne rien leur dire, ils ignorent que j'ai de l'argent. Alors ils me méprisent, me considèrent comme un incapable. Surtout Solange, ça se lit dans ses yeux. Je sens bien qu'elle aurait préféré que sa fille trouve un meilleur parti, quelqu'un de son milieu. C'est une femme sèche, Solange. Et plutôt étroite d'esprit. Enfin, j'ignore tout de ses pensées intimes mais je suis tenté de croire qu'elle ne pense pas beaucoup. Trop sûre d'elle pour réfléchir ou douter de quoi que ce soit. Le genre un peu hautain, qui n'a cessé d'entendre durant toute sa jeunesse qu'elle était jolie. C'était une belle femme, c'est vrai, j'ai vu leur photo de mariage chez eux, sur le buffet du salon. Une jolie blonde aux pommettes saillantes, à la taille fine et aux épaules affirmées. Elle devait avoir du succès auprès des hommes, et aujourd'hui encore elle conserve une certaine allure. Mais le problème avec Solange c'est qu'il ne se dégage d'elle aucune chaleur, aucune forme de sensualité, pas même une once de douceur maternelle.

François, c'est différent. Pas vraiment un homme froid mais plutôt réservé, je dirais. Une silhouette longiligne, des vêtements sombres. Un visage lisse aussi, et un regard sans éclat. En fait, tout son corps semble effacé. Il parle peu, ne sourit jamais, ses gestes sont rares. On ne peut pas deviner, en le croisant dans la rue, ou même en discutant quelques minutes avec lui, si le personnage est totalement creux ou s'il dissimule une riche vie intérieure. J'ai un peu de mal à le cerner, encore maintenant, mais je devine qu'il est brillant. Il suffit de lire les titres des bouquins étalés sur son bureau, et je ne parle même pas de ceux qu'il amasse dans son atelier. François est artisan d'art, il restaure des livres anciens. Un travail ingrat, difficile et qui ne rapporte presque rien. Ça m'a frappé le jour où il m'a expliqué avoir passé vingt heures à recoudre une reliure sur un gros bouquin vieux de plusieurs siècles, et tout ça gratuitement du fait que c'était pour les bonnes œuvres de la paroisse. Il m'a semblé que c'était du temps perdu mais je n'ai rien dit, j'ai joué le rôle du gendre admiratif. Grâce à certains collectionneurs fortunés, il gagne parfois un peu d'argent mais ses revenus annuels sont dérisoires, c'est Alice qui me l'a confié. Je ne sais même pas s'il les déclare aux impôts, c'est tout dire. Je me répète mais ce type est brillant, il aurait pu faire autre chose, viser plus haut. Peut-être même se hisser dans les milieux de pouvoir, qui sait, je crois savoir qu'il a des relations. Mais non, il préfère rester dans son trou et travailler pour des nèfles. Pour autant, il n'a pas l'air malheureux. Il faut dire qu'il ne manque de rien, du fait des rentes de Solange. En fin de compte, la meilleure idée de sa vie, et probablement sa seule bonne affaire, aura été d'épouser la fille d'un commissaire-priseur.

Lorsque Solange et François sont arrivés, avec presque sept minutes d'avance, ils se trouvaient accompagnés de

Gabriel, le frère cadet d'Alice, et de Tiphaine, la petite dernière. Ce sont des adolescents, ils doivent avoir quinze et douze ans, dans ces eaux-là. Je les connais peu. Les yeux constamment rivés sur leur téléphone, c'est à peine s'ils laissent entendre le son de leur voix. Bien que de prime abord leur présence ait pu paraître insignifiante, elle a étrangement conféré à cette visite improvisée un côté sérieux et protocolaire. Un caractère presque officiel. Du reste, les parents d'Alice, à peine installés sur le canapé du salon, ont vite pris un ton cérémonieux. Sans même attendre que Mina les ait servis, ils nous ont annoncé avoir engagé un avocat, un ténor du barreau soi-disant. Il s'agit d'un ami d'enfance du père de François, d'après ce que j'ai compris. Le type a dépassé les quatre-vingts balais mais il continue d'exercer. Il paraît que c'est fréquent dans la profession. Si nous sommes d'accord, Mina et moi, le vieux s'est proposé de nous représenter collectivement, ainsi que les autres parties civiles. Solange nous a présenté cela comme une opportunité exceptionnelle que l'on se devait absolument de saisir. On ne trouverait pas mieux sur la place de Paris, le fait était certain, on pouvait lui faire confiance. J'ai fait mine d'acquiescer, laissant comprendre que ça m'était égal, mais Mina a demandé du temps avant de se prononcer. À l'évidence, elle semblait avoir déjà réfléchi à ce sujet et n'acceptait pas de se laisser dicter un choix si facilement. Elle comptait surtout en imposer vis-à-vis de Solange, démontrer qu'elle aussi entendait mener ce combat. Ce noble combat pour la justice et la mémoire des victimes. Ce combat d'arrière-garde, inutile et perdu d'avance.

Quand ils sont partis, et que j'ai pu libérer les chiens, Mina m'a livré le fond de sa pensée : elle songeait en fin de compte à un autre avocat, un gars qu'elle avait souvent vu à la télé. Un grand chauve, mince et ombrageux, qui avait récemment plaidé dans une sordide affaire d'infanticide. Elle a insisté pour me le montrer en photo sur son téléphone. Selon elle, le fait d'être juif lui conférait une aura supplémentaire ainsi que l'attention bienveillante des juges. Ce qu'elle peut être bête. Afin de clore la discussion, je lui ai laissé entendre que je n'avais pas d'avis sur la question mais que le plus simple, et sans doute le plus économique pour nous, était sans nul doute de se ranger au choix des parents d'Alice. Là, elle est restée impassible, comme souvent les esprits simples quand ils réalisent que même les questions les plus triviales s'obstinent à leur échapper. Sans un mot, le regard perdu, elle s'est mise à débarrasser le service à café qui encombrait encore la table basse. Son visage s'était refermé d'un seul coup. Visiblement, mes maigres arguments l'avaient plongée dans un profond embarras et ses idées, une nouvelle fois, n'auraient pas de suite.

Seize heures dix. Il est un peu tard maintenant pour filer à la salle de sport. Meryem doit avoir terminé sa séance et je manque de motivation pour envisager de m'entraîner seul. Tant pis, j'irai demain. Je n'ai pas envie de sortir, en vérité. Je n'ai pas envie de grand-chose. Rien à voir avec les séquelles de l'attaque et mon état de fatigue permanent. Simplement, ce n'est pas toujours évident de trouver à s'occuper. Depuis que j'ai arrêté la compétition en ligne, il m'arrive par moments de trouver le temps long. J'imagine que c'est le cas quand on n'a pas de passion, rien qui ne vous incite à vous échapper de vous-même. Je le regrette parfois. J'aurais aimé m'enthousiasmer pour des séries télé, des expositions artistiques ou même pour des matchs de foot, mais tout m'ennuie ou m'indiffère. Même les jeux vidéo ont cessé de constituer un divertissement le jour où ils ont commencé à représenter un enjeu financier. De ce fait, je ne m'intéresse à rien. À rien de sérieux, tout au moins. Et je n'ai aucune culture générale avec ça, disons-le. Sur aucun sujet. Alice s'en amusait souvent mais je ne m'en suis jamais caché et je dirais même que je m'en fiche. Je ne connais rien à la musique, à la littérature ou au cinéma, par exemple. Mais rien du tout, vraiment. Absolument rien. Pourtant, je me souviens que le Patron s'était donné du mal, quand j'étais enfant, surtout au début. Hormis ses séances de films en noir et blanc, j'avais eu droit à des fiches de lecture à remplir, ainsi que des visites de musée imposées tous les samedis. Je ne m'en étais jamais plaint mais Mina, de son côté, s'était rapidement agacée de devoir suivre ce rythme et c'était elle qui avait fini par lâcher. Il faut dire que la pauvre femme était (et demeure toujours) structurellement hermétique à toute forme de culture, non pas par paresse ou indifférence comme moi, mais simplement par bêtise. Mon père avait ensuite tenté de m'abonner à différents journaux et magazines, sans plus de succès. Il se proposait même de me les lire. L'histoire a ainsi duré jusqu'à ce que j'aie entre les mains ma première tablette tactile avec une connexion wifi, je devais avoir onze ans et j'avais pleuré pour qu'on me l'offre à Noël. C'est à ce moment-là, je crois, que le Patron a compris que la partie était définitivement perdue.

D'accord, j'exagère un peu. Pour être tout à fait honnête, il m'arrive parfois de lire des bouquins. Une ou deux fois par an, peut-être. En général des essais, des trucs plutôt courts sur l'astronomie, la thérapie génique ou l'intelligence artificielle. Dans le genre « vulgarisation scientifique », mais assez sérieux tout de même. Je les finis rarement, c'est vrai, je me contente de m'en faire une idée. Pour autant, ça me permet de garder la référence en tête, enfin plutôt sur une étagère, c'est-à-dire un endroit fiable où il m'est possible de la retrouver si nécessaire. J'ai ouvert quelques biographies aussi. Mais les romans non, très peu pour moi. Trop fatigant. Chaque fois c'est pareil, il faut passer un certain nombre de pages pour commencer à comprendre le sujet ou même retenir le nom des personnages. De ce fait, on se trouve souvent obligé de revenir en arrière. Rapidement, ça m'épuise. Donc oui, je lis très peu. Mais davantage encore que la moyenne des Français, si je me fie à mon expérience. Plus personne ne lit dans ce pays, et même nulle part. C'est simple, autour de moi, je n'ai jamais connu de vrais lecteurs, je veux dire depuis la mort du Patron. Certes, ça ne constitue pas un échantillon représentatif de la population et je manque de données précises sur la question, mais je crois que la plupart des gens qui aujourd'hui exposent des livres chez eux, je veux dire bien en évidence et dans de jolies bibliothèques, le font uniquement pour décorer. Ou pour se donner un genre, une allure d'intellectuel peut-être. J'en tiens pour preuve qu'en dépit de l'insistance de ses parents, et malgré le fait qu'elle étudiait l'histoire à l'université, Alice elle-même ne lisait pas.

Les dîners en tête à tête avec Mina sont devenus une épreuve, j'en viens à regretter mes repas froids à la maison de repos, quand elle me laissait seul le soir. Ses bruits de bouche m'exaspèrent mais, le pire, c'est le bourdonnement du journal de vingt heures. Elle m'énerve avec sa télévision. « *Mais éteins-moi ce poste, Mina ! Laisse-le souffler et nous aussi !* » lui répétait le Patron, du temps que j'étais gamin. Aujourd'hui encore, ça reste son seul divertissement et la source de toute idée qu'elle se fait du monde. Rien n'existe en dehors de ce qu'elle y voit. Parfois, durant le repas, elle commence à évoquer un sujet quelconque puis, sans raison précise, s'arrête brutalement et se met à fixer l'écran durant de longues minutes, comme hypnotisée. Ainsi donc, une idée chasse l'autre, ou bien poursuit un chemin inexplicable, et elle en vient alors à me parler de tout autre chose sans que je ne puisse me douter de ce qui lui est passé par la tête entre-temps.

— Tu sais, je l'aimais beaucoup.

— Qui ça ?

— Alice, je l'aimais beaucoup. On n'avait pas beaucoup de sujets de conversation en commun, elle et moi, mais je l'aimais beaucoup. Je regrette tellement de ne pas le lui avoir dit. Mais tu sais comment je peux me comporter quand je ne connais pas suffisamment les gens. Je... Je suis un peu sauvage, je ne me livre pas facilement. C'est un tort, d'ailleurs ton père me le reprochait souvent. Mais toi, tu sais que je l'aimais bien, hein ? Tu le sais au moins ?

— Oui Mina, je le sais. Ne t'inquiète pas.

Quelle actrice, celle-là. Je sens bien qu'elle savoure en silence, non sans une légère honte, de se savoir enfin débarrassée de sa rivale. Elle n'ignore pas qu'Alice tentait de me persuader de la suivre lors de son voyage d'étude au Japon, prévu l'été prochain. Elle avait capté les bribes d'une conversation à ce sujet il y a quelques mois. Il n'y avait rien de concret et je n'envisageais pas du tout de partir mais, bizarrement, c'est à cette époque-là que les problèmes de santé de Mina avaient soudainement empiré au point que je devais l'accompagner, toutes les semaines ou presque, chez divers spécialistes pour subir des examens.

Cette vieille bique exulte, en son for intérieur, elle sait qu'elle vient de gagner un peu de répit. Pour autant, elle a conscience qu'elle ne peut rien laisser transparaître, qu'elle doit continuer à jouer le rôle de la belle-mère éplorée. Je comprends son manège, et je la laisse faire. Mais je sais qu'elle sait que je ne suis pas dupe.

## *Deuxième partie*

# 10

Dix-huit jours qu'Alice a quitté ce monde, ses traces s'effacent. J'ignore comment l'idée m'est venue de lui rendre visite, hier soir au cimetière, mais c'était étrange de me trouver là. D'autant que pour mon père, je n'y vais jamais, pas même pour fleurir sa tombe à la Toussaint ; je laisse Mina s'occuper de ça, comme du reste. L'endroit était désert, évidemment. Pas un bruit. Je suis resté là un long moment face à sa tombe, immobile et muet, tel un indécis paralysé devant une porte close. Je crois que j'attendais quelque chose, mais rien n'est venu. Pendant ce temps, la nuit était tombée, il se faisait tard, alors je lui ai dit au revoir, comme ça en l'air, puis j'ai mimé une sorte de signe de croix, je ne sais pas bien pourquoi, il m'a semblé bien faire. En repartant, je me suis perdu dans les allées, alors j'ai commencé à lire les messages qui figurent sur les plaques et les couronnes mortuaires. On y reprenait partout cette fameuse mention de « cher disparu » et ça m'a fait réfléchir, la mort comparée à une disparition. Parce que disparaître ce n'est pas cesser d'exister, je me suis dit, c'est plutôt se soustraire à la vue des autres, se déplacer ailleurs. Ou même changer de dimension, pourquoi pas ? Voilà, j'ai pensé à la mort comme un glissement logique vers un arrière-monde. Un simple changement de contexte métaphysique, en quelque sorte. Je sais que c'est une idée qui peut paraître idiote, et d'ailleurs je me trouve un peu ridicule rien qu'en me relisant, mais sur le moment ça m'a fait du bien.

Le soir désormais, quand vient le moment de me coucher, je tente de reconstruire l'enchaînement de mes souvenirs avec Alice. Si les premiers sont relativement nets, et même encore doux, je bute toujours sur ceux de l'attaque et des instants qui précèdent, et c'est là que tout se mélange et se tache de sang. Alors j'essaie de ramasser ce qui reste, jusque dans les moindres détails, en espérant y trouver quelque chose de sensible, un petit bout de joie ou un fragment de bonheur caché quelque part. Et puis, le sommeil vient et mon inconscient me fait les poches. Je ne sais pas où ça passe, mais au réveil il ne me reste plus rien. Ainsi, chaque nouveau jour se révèle aussi vide que le précédent, c'est un peu comme s'ils glissaient les uns sur les autres. Qu'est-ce que je peux y faire ? Le temps passe, le monde tourne, et moi je dors... Je ne dirais pas que je souffre de cette situation, ce serait mentir. En définitive, l'ennui me réconforte plutôt qu'il ne m'oppresse. Je suis sous anesthésie. Et sans envie, les heures passent sans peine. J'ai bien essayé, l'autre jour, de me remettre à streamer mais ça n'a rien donné. Tout était pourtant prêt, j'avais prévenu ma communauté et il y avait déjà beaucoup de monde connecté sur le live. Au moins six cents personnes, dont une majorité d'abonnés. J'avais préparé un discours, ni trop long ni trop mièvre, pour donner les raisons de mon absence sur Twitch et de mon silence sur les réseaux. Mais au moment de lancer la diffusion, en voyant s'afficher mon visage à l'écran, j'ai flanché. Je ne sais pas pourquoi, j'ai tout coupé et je me suis effondré sur mon lit. Tant pis, j'ai pensé, ce sera pour une autre fois.

Mon angoisse aussi a baissé d'intensité. Le retour à la salle de sport m'a fait beaucoup de bien, on dirait. En tout état de cause, je me sens plus apaisé, même lorsque je passe toute la journée à la maison, et j'en viens à regretter ce que j'ai écrit ici, il y a quelque temps, à propos de Mina. À bien y réfléchir, je crois que j'ai plutôt pitié d'elle. Cette pauvre femme, pour médiocre qu'elle soit, ne fait que subir des événements et des situations qu'elle n'a en rien provoqués, et auxquels elle tente simplement, et maladroitement, de faire face. Depuis quelques jours, elle semble surtout s'inquiéter qu'on ne parle plus nulle part de l'attaque du centre paroissial. Selon elle, la presse aurait cessé de s'intéresser à l'identité du *tueur présumé* et, plus grave encore, au devenir du *miraculé d'Alésia*. On dirait que ça la déprime. « *Les chaînes infos nous ont zappés !* », m'a-t-elle dit hier, en me lançant un regard de naufragé. À la télévision, il ne serait désormais plus question que du dérèglement climatique et des récentes inondations dans le Sud-Est. Pas étonnant. Sur mon fil Instagram, j'ai vu quelques vidéos, c'était assez impressionnant. Des torrents de boue qui emportent tout sur leur passage, même des grues de chantier et des camping-cars, on voyait des gens debout sur le toit de leurs maisons, des ponts qui s'effondraient. Franchement, on aurait dit un film catastrophe. Du reste, cette tempête a tout de même fait huit morts dans le pays donc, d'un point de vue strictement arithmétique, il me paraît logique que les inondations nous soient passées devant. C'est ce que j'ai tenté d'expliquer à Mina mais elle n'a rien voulu savoir. Pour autant, en ce qui me concerne, il en est bien mieux ainsi. Il me semble que le silence des médias nous restitue un peu à nous-mêmes, c'est difficile à expliquer, mais je me sens presque soulagé, d'une certaine manière.

Cela étant dit, je remarque qu'il n'y a pas que les médias qui soient passés à autre chose, depuis quelques jours. Dans l'ensemble, les gens ne prennent plus de mes nouvelles. Même ma communauté en ligne ou mes anciens coéquipiers, personne n'appelle. Hormis quelques fans anonymes et une poignée de tordus, il n'y a guère que Raphaëlle qui persiste encore à me solliciter. Pas plus tard qu'hier, sur WhatsApp, elle m'a demandé comment j'allais et m'a répété de ne pas hésiter à la contacter, si j'avais besoin d'aide ou si je voulais parler. Qu'en tant qu'ami, elle me devait bien ça. Je l'ai trouvé gênant, ce « en tant qu'ami », car enfin je suis tout sauf un ami. Je ne suis pas du tout quelqu'un sur qui on peut compter, et ça ne cesse de me surprendre d'être considéré comme tel. Que l'on puisse rechercher ma compagnie, me trouver drôle ou même sympathique, c'est une chose, mais de là à voir en moi un ami. D'autant que c'est une méprise qui ne peut se produire qu'à mon insu. En effet, je n'agis en permanence que dans mon seul intérêt, c'est bien connu. De mémoire, je n'ai jamais laissé penser que je pourrais me préoccuper des autres. Jamais. C'est étonnant qu'une fille intelligente comme Raphaëlle puisse se tromper à ce point sur mon compte. D'ailleurs, il m'arrive de me demander ce qu'elle s'imagine à mon sujet, ou ce qu'elle attend vraiment de moi. Parfois, j'hésite même à lui rendre visite. Mais à quoi bon ? Je n'ai pas envie de coucher avec elle, alors si c'est pour parler. Que pourrais-je lui raconter qu'elle ne sache déjà ? Et puis surtout, qu'est-ce que ça changerait pour moi ? La vérité est que je ne ressens rien, c'est tout. Devant ma glace, je ne ressens rien. Quand les autres pleurent, je ne ressens rien. Même la nuit, seul avec mes pensées, mes souvenirs et mes fantômes, je ne ressens rien. Je ne ressens aucune honte, aucune fierté non plus d'avoir survécu. C'est comme si toute cette affaire m'était étrangère. Un fait sordide et insolite dont j'aurais été le témoin davantage que la victime. Une conjonction improbable de facteurs extérieurs, le fruit d'un malheureux hasard, à la rigueur, mais rien de plus. Des milliers d'événements de ce genre, plus ou moins tragiques, se produisent dans le monde à chaque seconde, sans qu'on en ait connaissance. Mais voilà, ça m'est arrivé à moi cette fois, c'est la seule différence.

Solange et François sont revenus nous rendre visite, juste après le repas du soir. Sans leurs enfants cette fois, mais accompagnés de leur antique et vénérable avocat. En toute connaissance de cause, j'avais laissé les chiens se balader librement dans l'appartement. Je comptais faire comprendre à nos hôtes qu'on se préparait à les sortir, qu'il n'était donc pas question de s'éterniser. Même s'il s'agissait de notre première rencontre avec maître Rochambeau, je ne tenais pas à ce qu'ils s'installent, à ce qu'ils se sentent suffisamment à leur aise chez nous pour prendre l'habitude d'y revenir. Mina, à l'inverse, semblait ravie de les accueillir. Soudain elle se prenait pour une autre, redoublant d'attentions envers ses convives, couvrant le vieux juriste de compliments obséquieux. Quelle ironie de voir Mina désormais si proche des parents d'Alice. Je pourrais m'en amuser si ce n'était pas si pathétique et si triste. Elle qui les jugeait hautains, snobs et condescendants il y a encore quelques semaines. Je me souviens parfaitement de leur unique rencontre du vivant d'Alice, c'était un dimanche midi au Train Bleu. Dans le but de les impressionner, Mina avait ressorti tous ses bijoux de famille ainsi que la broche en or et rubis que le Patron lui avait offert pour leur dixième anniversaire de mariage. J'étais gêné de me présenter ainsi en public avec la femme, dont j'étais le fils, déguisée en sapin de Noël. Solange et François avaient certainement dû la prendre pour une folle mais ils n'avaient rien laissé voir. Ils s'étaient contentés de sourire, l'essentiel du temps, et de me complimenter sur le choix du restaurant. De retour à la maison, Mina s'était plainte de leur froideur, avait moqué leurs manières bourgeoises. Pour sûr, c'était la dernière fois qu'elle les voyait. Tu parles. Cet événement doit remonter à il y a trois mois, guère plus, et la voilà maintenant qui leur saute au cou en leur donnant du « ma pauvre Solange », du « mon cher François » et toutes sortes de coquetteries du même genre. Elle me dégoûte. Décidément, c'est toujours la même chose avec elle : il suffit que je me montre un tant soit peu indulgent à son égard pour qu'en retour elle s'empresse de me décevoir.

À propos de déception, je me dois à présent d'évoquer l'allure de notre ténor du barreau, maître Georges Rochambeau. Comment la qualifier en des termes qui ne soient pas trop désobligeants ? Tout d'abord, c'est peu dire qu'il porte son âge. Ses cheveux sont blancs, rares sur le dessus, mais surtout trop longs pour paraître soignés. Rien dans sa tenue ne laisse penser qu'il a de l'argent. Rien. Tout est usé, dépareillé, on devine un gilet à carreaux sous sa veste à rayures. Et du vert, du bleu, du rouge. Une abondance de couleurs qui, loin de le rajeunir, ne fait que souligner davantage son air constipé et son visage terne. Je ne dirais même pas qu'il a le teint pâle, non, je dirais qu'il n'a pas de teint du tout. En fait, il porte une peau incolore, celle des nouveau-nés et des mourants. Comme eux, il respire fort et semble ailleurs quand il vous regarde. Bon, lorsqu'il parle, c'est autre chose. Je l'avoue. À l'évidence, l'homme a l'habitude de convaincre et sait se faire écouter. Sa voix claironne, son élocution est nette, c'est même assez surprenant chez quelqu'un de cet âge. En revanche, j'ai remarqué qu'il ne sait pas prononcer les mots en « ouaille », il dit vo-ïage au lieu de voi-ïage par exemple. Ça sonne bizarrement à l'oreille mais on a surtout l'impression qu'il se donne un genre en parlant de cette manière, et je déteste ça. Pour couronner le tout, il se cure le nez en permanence. Et avec le petit doigt, par-dessus le marché, afin de forer plus loin. C'est écœurant mais, évidemment, comme il s'agit de quelqu'un d'important, tout le monde fait semblant de ne rien remarquer. Un vrai supplice de rester une heure assis en face de lui. Pourtant, je n'ai pas bronché. Par politesse mais surtout par respect pour les parents d'Alice, qui buvaient ses paroles tout en quêtant notre approbation. Ainsi donc, pendant près d'une heure, le vieux nous a présenté son plan pour relancer l'affaire. Car désormais, grâce à lui, nous avions un plan.

Tout d'abord, il comptait commander, au plus vite, une contre-expertise psychologique du suspect. Lorsque

Solange a demandé si ce n'était pas trop hasardeux, si une confirmation de l'aliénation mentale du tueur ne risquait pas de sceller tout espoir de procès. Rochambeau lui a répondu sèchement qu'il n'y avait rien à craindre, que l'on pouvait faire dire aux experts à peu près ce que l'on voulait. On sentait qu'il nous prenait de haut dans l'ensemble, mais surtout Solange et Mina. Il leur parlait comme à des enfants, par moments, comme pour s'assurer d'être compris. Le reste du temps, il déroulait son numéro devant un public docile, tout en jetant par instants des regards inquiets vers Fragger qui dormait sagement dans son panier.

Passé l'effet mitigé de la contre-expertise psychologique, Rochambeau n'a pas tardé à nous dévoiler la seconde partie de son plan. Pour cela, il a choisi ses mots, ménageant une sorte de suspense aussi grotesque qu'indécent. Comme s'il sortait un atout de sa manche, il nous a finalement annoncé qu'un événement majeur se tiendrait prochainement. Un événement pour lequel nous devrions tous nous mobiliser. Un événement qui allait tout changer et relancer l'instruction du dossier : une marche blanche.

Il faut bien reconnaître que le projet, détaillé dans un long document que Rochambeau nous a mis sous les yeux et qui serait bientôt adressé par e-mail aux familles des victimes, ressemble davantage à une réunion politique qu'à une simple commémoration. L'objectif est clair, nous a dit le vieux, il s'agit de mettre la pression sur le Parquet afin que l'instruction de l'affaire soit enfin bouclée et que le procès du tueur puisse se tenir. À cet effet, il sera demandé à tous les destinataires de diffuser un message précis sur les réseaux sociaux. Un message rédigé et formaté comme un tract dans lequel certains mots-clefs, tels que « meurtre », « silence » ou « impossible » se trouveraient surlignés en rose. Des tee-shirts floqués « Plus jamais ça » et « Pas de procès, pas de justice » seraient également distribués aux participants. Les médias allaient se précipiter, l'avocat paraissait sûr de son coup. En découvrant le programme, Mina a spontanément proposé son aide pour l'organisation, elle semblait ragaillardie tout d'un coup. Quant à moi, je m'en fichais. Je m'en fichais car, bien sûr, je n'irais pas. Enfin je n'ai rien dit sur le moment, mais ça me semblait une évidence. Pourtant, lorsque je l'ai annoncé à Mina, peu de temps après le départ de nos visiteurs, elle s'en est aussitôt offusquée.

— Mais tu n'y penses pas, Guillaume ? Tout le monde va parler de toi... Déjà qu'au cimetière cela jasait, que les gens te trouvaient désinvolte. Alors là, si tu ne participes même pas à la marche blanche. Et puis, pense aussi à Solange et François. Tu sais, à force, ils peuvent se demander si tu l'aimais vraiment, cette pauvre petite, si tu avais des sentiments pour elle. Parce qu'on peut avoir l'impression, par moments, que... Non pas que tu te fiches de sa mort, non, je ne dirais jamais cela, mais... Disons que, de l'extérieur, on ne voit pas forcément, que tu en souffres. Même si, bien sûr, tu dois en souffrir, mais enfin... Tu comprends ce que je veux te dire ?

Son regard suintait de peur. Je sentais ma mâchoire se serrer mais je suis resté calme.

– Je me fiche de ton avis, Mina. Comme je me fiche de l'avis des gens, de cette stupide marche blanche et de ce procès à la con. Personne ne sait ce que je ressens, tu m'entends ? Et personne n'a à me dire ce que je dois faire.

Elle a soupiré en levant les yeux au ciel, comme pour prendre le Patron à témoin. À ce moment, mes oreilles se sont mises à bourdonner et mes mains à transpirer, je sentais affleurer de la haine. Pour ne pas être tenté de la frapper, j'ai vite filé dans ma chambre, j'ai fermé la porte à clef et je me suis mis à hurler. De douleur et de colère. De toutes mes forces. Je n'en pouvais plus d'entendre des trucs pareils. Comment ça, « est-ce que j'avais des sentiments pour elle ? » Qu'est-ce que ça veut dire ? J'en ai pour tout le monde des sentiments, même pour mes chiens, c'est débile comme raisonnement. Elle voulait parler de la nature de mes sentiments pour Alice, j'ai bien compris, mais comment les qualifier quand moi-même je n'en ai pas une idée précise ? Et puis, qu'est-ce que ça peut lui faire, hein ? C'est moi que ça regarde. Moi seul. Si je l'aimais ? Je ne sais pas. J'aimais être avec elle. Sa compagnie me rendait plus léger, me sortait un peu de moi-même. Il m'est arrivé de me sentir heureux en lui tenant la main, et je ne demandais rien de plus... Mais de toute façon, Mina ne peut pas comprendre. Elle ne peut pas me comprendre, puisqu'elle ne me connaît pas. Elle croit me connaître, c'est tout. Depuis que le Patron nous a laissés, et autant que je me souvienne, je n'ai jamais voulu aimer ou être aimé. La voilà, la seule vérité. C'est sans doute une infirmité mais je persiste à penser que je me suis épargné ainsi beaucoup de peines et de soucis inutiles.

***

Toujours le même parcours entre Alésia et la Porte d'Orléans. Je l'ai déjà arpenté des centaines de fois. Je regarde partout, j'essaie de me souvenir des lieux où elle aimait traîner. Il faut absolument que je la retrouve.

Je ne l'ai plus croisée, elle ou son double, depuis l'autre nuit, cette fameuse nuit où je n'avais pas dormi en rentrant de chez Raphaëlle. Mais je ne renonce pas. Il faut que je la retrouve. Il faut aussi que je pense à prendre une photo, ou plutôt une capture d'écran, si je la revois. C'est le seul moyen de ne pas douter de moi le lendemain. Le seul moyen surtout pour qu'on m'écoute et qu'on me prenne au sérieux. Mais d'abord, il faut que je la retrouve.

Rue Alphonse-Daudet, rue Leneveux puis Marguerin. Personne ou presque. Rue du Lunain, rue Adolphe-Focillon, toujours rien. Je tourne en rond.

Là ! Là, ça y est ! C'est elle ! Devant la boutique de chaussures. Mais oui, je me souviens, elle s'y arrêtait souvent quand on se baladait dans le coin, le dimanche. Bien sûr que c'est elle. Je savais que je n'avais pas rêvé. JE LE SAVAIS ! Bon, du calme maintenant. On se détend. Il faut que j'avance lentement dans sa direction mais sans avoir l'air de la cibler. Comme si je passais par hasard, voilà...

<slashg0rd0n> @calisson2803 alice, c'est toi ? c'est moi guillaume
<calisson2803> je sais
<slashg0rd0n> je peux te parler ? ne me bloque pas stp
<calisson2803> parle
<slashg0rd0n> merci
<slashg0rd0n> pourquoi tu es habillée comme ça ?
<calisson2803> je sais pas. c'est les derniers vêtements que j'avais je crois
<slashg0rd0n> donc tu te rappelles de ce qui s'est passé ?
<calisson2803> au centre ? bah oui
<calisson2803> et t'étais là aussi donc tu sais
<slashg0rd0n> tu m'en veux ?
<calisson2803> aucune importance
<calisson2803> c'est fini
<calisson2803> tout est différent maintenant
<slashg0rd0n> tu me manques
<calisson2803> je dois y aller dsl
<calisson2803> au revoir guillaume

<slashg0rd0n> déjà !?
<slashg0rd0n> ne pars pas stp
<calisson2803> pas le choix
<slashg0rd0n> tu seras là demain ?
<calisson2803> on verra
<calisson2803> mais tu sais où me trouver maintenant
[calisson2803 est déconnecté.e]

Alice, c'est Alice. Je zoome sur le *screenshot*, c'est vraiment elle. Au cheveu près.

Ça paraît dingue, oui, mais pourquoi douter ? C'est Alice, c'est elle.

Tout porte à le croire. Et je le crois.

[Quit]

## 11

Un jour blanc tombe de la fenêtre de la cuisine. Tandis qu'elle s'agite, je l'observe du coin de l'œil en examinant son apparence, en scrutant chacun de ses gestes, comme s'il s'agissait d'une inconnue. Cette vieille folle n'a décidément aucune allure ; on jurerait une Roumaine qui fait des ménages. Je rumine encore ses mots, ceux d'hier soir au sujet de mes sentiments pour Alice et du qu'en-dira-t-on. Elle me dégoûte, et j'ai honte qu'elle soit ma mère. Les moindres détails, en ce qui la concerne, me sont devenus insupportables. Sa robe de chambre élimée aux coudes, ses mouvements brusques lorsqu'elle range la vaisselle, le bruit sourd de ses pas sur le carrelage, tout me révulse. Et pourtant, il faut absolument que je lui parle. Il le faut. Qui plus est, je vais devoir faire court, avec elle, et m'exprimer lentement. M'en tenir aux faits, surtout, et miser sur un éclair de bon sens. Je n'ai pas le choix. Impossible de garder pour moi ce qui s'est passé cette nuit. C'est devenu trop sérieux. Trop encombrant. Bien sûr que je redoute de tout dire à Mina, mais à qui d'autre me confier ? Je n'ai qu'elle.

Afin de bénéficier de toute son attention, j'ai choisi mon moment. J'ai attendu qu'elle ait fini de débarrasser la table du petit déjeuner et je l'ai interpellée au moment précis où elle passait l'éponge sur la toile cirée, soit quelques secondes à peine avant qu'elle n'allume la télévision.

– Mina, il faut que je te parle. C'est important.

Son visage s'est éclairé d'un seul coup, comme la veilleuse du hall d'entrée de l'immeuble quand elle détecte une présence. Elle s'est assise à la table, sans hâte mais presque fébrilement, puis elle m'a assuré de son écoute studieuse, tout en me couvant d'un regard un peu trop humide et presque embarrassant. Alors j'ai commencé par le début, la première rencontre, la semaine précédente sur le parvis de l'église Saint-Pierre-de-Montrouge. Ensuite nos retrouvailles, la nuit dernière. J'ai donné tous les détails, je me souvenais parfaitement des horaires et des lieux précis. Et de notre courte discussion aussi, au mot près. Elle m'a écouté dérouler ma plaidoirie, sans rien dire. C'est au moment où je m'apprêtais à lui dévoiler ma principale pièce à conviction, à savoir l'image d'Alice sur mon téléphone, qu'elle m'a lancé d'un ton détaché, presque badin :

– C'est dans ton truc de métavers ? Ton monde virtuel là, sur internet ? Bah... Cela ne signifie rien, Guillaume. C'est peut-être quelqu'un qui a vu le visage d'Alice à la télé et qui a voulu copier son image. Une mauvaise blague, tout au plus. Il y a des fous partout, tu sais.

— Mais non. Tu ne comprends pas, j'aurais dû m'en douter... Il ne s'agit pas d'une vague copie, d'une imitation de son visage ou de son style. Non, c'est elle. C'est Alice. Les mêmes traits, la même coiffure, les mêmes vêtements. Les vêtements qu'elle portait le jour de sa mort. Tout coïncide parfaitement. Et puis, je l'ai retrouvée cette nuit devant sa boutique préférée, comme par hasard. Tiens, regarde !

Elle m'a pris le téléphone des mains et a commencé à loucher dessus, puis à l'éloigner de ses yeux, cherchant visiblement à ajuster la mire. Enfin, après quelques secondes d'observation silencieuse, elle s'est mise à marmonner :

— Oui, on dirait bien que c'est elle. Mais tu es certain que ce n'est pas une vieille photo ? Il me semble l'avoir déjà vue.

— Non, mais... Mais qu'est-ce que tu veux dire ? Je sais bien ce que je raconte, quand même. Ne me fais pas passer pour un fou ! C'est elle, je te dis, prise en photo cette nuit devant l'une de ses boutiques favorites. J'ai fait une capture d'écran, à 1 h 12 du matin, tu vois, on peut même lire l'heure, en petit, dans le coin. Il n'y a aucun doute à avoir. Alors OK, si c'est une fausse Alice, elle a peut-être été reconstituée par une IA, à partir de photos de presse et de traces laissées en ligne, d'accord, mais alors dans ce cas ça va loin. Très loin, même. Parce que son pseudo, Calisson, il se trouve que c'était le surnom que lui donnait son père quand elle était gamine ! Et ça, ce n'est nulle part sur internet !

– Ne t'énerve pas, Guillaume. Je ne dis pas que tu es fou. Mais enfin, il est possible que toute cette histoire se passe dans ta tête. Une confusion entre ce que tu vois et des films que tu te projettes quand tu dors. Tu sais, comme quand tu étais petit et que tu mélangeais tes rêves et la réalité. Moi, je pense qu'il faudrait vraiment que tu coupes avec internet. Au moins quelque temps. Tous tes réseaux de gamers là, ou je ne sais quoi, j'ai l'impression que cela ne vaut rien de bon. Que toutes ces relations virtuelles te créent des nœuds au cerveau, petit à petit.

– Non mais ferme-la un peu, merde ! Tu me fatigues avec tes raisonnements stupides ! Je ne suis pas en train de te dire que je fais du spiritisme avec un marabout qui lit dans le sang de poulet, je te montre des photos et je te cite des éléments factuels. Peut-être qu'il existe déjà dans les métavers des êtres de synthèse autonomes, ou des formes spontanées d'intelligence. Des phénomènes métaphysiques qui nous dépassent. Ce n'est pas impossible, ça. En tout cas, on peut se permettre de douter un petit peu et d'y réfléchir, non ? Tu ne crois pas ?

Aucune réponse. Pas même un soupir. Mina fixe le bout de ses chaussons depuis une bonne minute maintenant, on dirait qu'elle attend que sa punition soit levée. Je crois que c'est fini, il n'y a plus rien à en tirer. Je ne sais pas ce que j'espérais mais ça n'arrivera pas. Sans un mot ni un regard, j'allume la télévision à sa place et repose sèchement la télécommande devant elle avant de regagner ma chambre.

Des gamins surexcités me bousculent avec leurs cartables, mais je ne réagis pas. Je continue d'avancer, machinalement. Je sais que je me dirige vers la salle de sport, c'est devenu comme un automatisme. Difficile de dire si je marche en dormant ou si je dors en marchant. Un pied devant l'autre ; les rues défilent. Tandis que j'arrive en vue du Top Shape, il se met soudain à pleuvoir de grosses gouttes espacées. Je presse le pas. Un air lourd semble annoncer l'imminence de l'orage. Je me dis que j'ai bien fait de ne pas traîner plus longtemps au lit, après ma sieste. Une fois à l'intérieur, il me suffit d'un instant pour repérer Meryem. Même s'il y a foule du côté cardio, sa silhouette se détache nettement au milieu des autres : juchée sur son vélo elliptique, elle ressemble à une déesse grecque. Afin qu'elle me remarque, je m'avance lentement le long de l'espace étroit situé entre l'alignement des machines et la baie vitrée sans tain qui donne sur la rue, et viens me placer dans l'axe précis de son champ de vision. Aussitôt, ses yeux noirs s'illuminent. On dirait qu'elle est heureuse de me voir. Après avoir ralenti progressivement son allure, elle descend de sa machine et se dirige vers moi pour me saluer, tout en professant quelques mots d'encouragement en direction de la jeune fille en surpoids qui s'épuise sur le vélo d'à côté. C'est toujours pareil quand je me retrouve devant Meryem. Bien qu'étant plus âgé qu'elle de cinq bonnes années, j'ai le sentiment gênant de n'être qu'un adolescent devant une femme mûre. Tous ses gestes sont fluides, instinctifs. Son sourire se joue de tout. C'est comme si les gens, les éléments et les choses pliaient naturellement devant sa nature. Ça me frappe toujours, même si j'essaie de ne rien laisser paraître. J'aimerais dégager une telle impression de maîtrise moi aussi, mais il me manque cette assurance de ceux qui ont vécu, des gens comme Meryem par exemple, qui a quitté sa famille et son pays pour venir étudier ici. Je regrette un peu ce manque de maturité, moi qui ai vieilli d'un coup, à douze ans, mais sans rien apprendre. À l'approche de la trentaine, je n'ai aucune expérience de la « vraie vie », comme on dit, et c'est un fait, je n'ai jamais eu à me débrouiller seul. Je n'ai pourtant pas le sentiment de me montrer naïf, benêt ou maladroit. Au contraire. Il me semble même que je compense par un sens aigu de l'observation et une intelligence supérieure. C'est ma force, je crois. J'ignore tout mais je comprends vite, comme disait le Patron.

Meryem m'a demandé de l'attendre, le temps de quelques étirements, allongée sur un tapis de sol au fond de la salle. Je crois que c'est à cet instant que j'ai soudain pris la décision de lui parler. Contrairement à ce matin avec Mina, je n'ai rien préparé mais il me semble que je peux faire confiance à Meryem, qu'avec elle je n'ai pas à me justifier, à fournir les preuves de ma sincérité. Même si on n'est pas vraiment amis, je suis certain qu'elle va m'écouter. Alors qu'elle revient vers moi, serrant à deux mains une serviette blanche passée autour de son cou, je l'interpelle spontanément :

– Meryem, tu ne devineras jamais ce qui m'arrive.

– Ah non, mais je sens que je vais bientôt le savoir. En tout cas, on dirait que ça te faire plaisir. Tu as une bonne mine ce soir !

Son sourire généreux dévoile une dentition parfaite. D'un geste gracile, elle s'essuie le visage puis la nuque, et enfin la gorge. Je doute de ce que je m'apprête à lui dire. Au moment où je songe à renoncer, son regard me rattrape.

– J'ai revu Alice cette nuit. Pour de vrai, je veux dire, enfin presque.

Ces quelques mots, lâchés du bout des lèvres, m'ont fait l'impression d'un saut dans le vide.

– Alice, ta copine ? Celle qui... Celle qui est décédée ?

– Oui, je sais que ça peut paraître bizarre mais c'est vrai. C'était vraiment elle. Je traînais sur Omniverse et je l'ai vue. Comme je te vois. J'ai même pu lui parler.

– Euh, c'est un peu chaud ton truc là, Guillaume. Comment tu peux savoir que c'était vraiment elle et pas un fake ? Ou peut-être même une IA ?

– Non mais je le sais, c'est tout. Je lui ai parlé, et c'est elle. Elle porte les mêmes fringues, au détail prêt, qu'elle portait le jour de sa mort. Son pseudo c'est le surnom que lui donnait son père, en privé. Et personne ne peut deviner une chose pareille, tu vois. Non c'est elle, c'est sûr. J'ai même fait une capture d'écran, je peux te la montrer si tu veux.

Elle a hoché la tête, un peu gênée.

– Non, mais je te crois. Enfin, je te comprends. C'est troublant, en effet.

– Ouais, je sais, ça a l'air dingue. Mais j'ai vu beaucoup de trucs sur YouTube là-dessus et c'est pas forcément absurde, tu peux me croire. Tu sais, il existe des études sérieuses qui commencent à sortir, un peu partout, qui portent sur la possibilité de vies parallèles. Au Canada par exemple, il y a une femme qui voit tous les jours son mari sur Méta, alors qu'il est mort d'un cancer depuis plus de trois ans. D'ailleurs, elle se bat pour faire reconnaître son existence, elle dit qu'elle n'est pas veuve puisque son mari est toujours présent avec elle, même s'il est ailleurs. Et des histoires de ce genre, il y en a plein.

Elle est restée interdite un moment, à regarder par terre. Quand elle a levé la tête pour me répondre, son visage avait changé d'aspect.

– Je te remercie de ta confiance et je te soutiens à fond, vraiment je suis sincère. Et je sais aussi que tu connais les risques avec internet, tu as commencé ton business en ligne bien avant moi. Mais je pense que tu devrais quand même te méfier. Rester sur tes gardes, en tout cas. Tu en as déjà parlé autour de toi ?

– Pour l'instant, tu es la seule au courant. Enfin, avec ma mère, mais ça ne compte pas.

– Eh bien, je... Je suis très touchée, merci, même si je ne sais pas trop quoi te dire. J'imagine que tu dois te sentir un peu perdu, c'est pas évident de gérer un truc pareil. Qu'est-ce que tu comptes faire maintenant ?

– Je ne sais pas. J'espère revoir Alice, le plus souvent possible. C'est tout. Et peut-être en parler à ses parents aussi, enfin je me demande encore si c'est une bonne idée.

– Si je devais te donner un seul conseil, ce serait de rester le plus discret possible pour le moment. Et de ne surtout rien publier sur le sujet. Je sais que tu es dans le gaming, et surtout actif sur Twitch, que ce n'est pas le milieu le plus nocif, mais il faut quand même faire attention. Je vois déjà à mon niveau, sur Insta, je ramasse tout le monde : les frustrés, les jalouses, les tordus. Un vrai panier de crabes, j'te jure. Mais le pire ce sont les « grands frères », ceux qui me harcèlent et me font la morale en permanence (elle a baissé la voix). D'ailleurs, heureusement que les patrons de la salle, je les connais bien. Ce sont des amis de mon cousin. Parce qu'eux aussi, ils ont reçu des menaces. À cause de ma tenue, il paraît, et le fait que ce serait *haram*, tu vois. N'importe quoi, j'te jure. Je suis solide, tu me connais, mais certains jours, c'est vraiment dur. Bref, protège-toi, et sois prudent surtout.

– Ne t'inquiète pas, Meryem, je sais ce que je fais.

Dans un timide sourire, elle a posé la main sur son cœur avant de murmurer quelques mots que je n'ai pas compris ; c'était dans sa langue maternelle, sans doute. Puis elle s'est excusée de m'abandonner, elle devait enchaîner sur une séquence de squats. Dehors, c'était le déluge. La tête ailleurs, j'ai empoigné deux haltères de seize kilos et je me suis installé sur un banc, à côté d'un gros moustachu qui avait un cou de taureau et des bras comme des cuisses. J'étais venu là pour ça, après tout, pour soulever des objets lourds au milieu d'inconnus. C'était le principe même de la salle de sport. Je ne voyais pas d'échappatoire. Rien de mieux à faire non plus.

# 12

L'atelier de François se trouve rue Fallempin, dans le XVe arrondissement, au fond de la cour privée d'un grand immeuble moderne. Vu de l'extérieur, l'endroit ne paie pas de mine, on dirait qu'il s'agit plutôt d'un local de conciergerie ou d'un vague débarras laissé à l'abandon. Une fois entré, on n'est guère plus impressionné : des piles de cartons entassées contre les murs, tout un tas de vieilleries dans le passage. On respire de la poussière mêlée à une odeur de cire et de renfermé ; ça sent un peu comme à l'église. Le bureau de François se cache au fond de la pièce, derrière un paravent, et François lui-même se cache derrière son bureau. Tout est sombre là-dedans, le sol, les meubles et le reste. Seul un fond de musique classique, craché par un minuscule poste de radio posé en équilibre contre la fenêtre opaque, permet de renseigner le visiteur sur la présence d'une forme de vie.

— Avance, n'aie pas peur. C'est un peu encombré mais tu es agile comme un chat, n'est-ce pas ?

François ne semble pas surpris de ma visite, on jurerait presque qu'il m'attend. Tandis que je me fraie un chemin vers lui, il plonge une main sous son bureau et en retire un tabouret pliable qu'il me tend négligemment et sans me regarder, afin de m'inviter à m'asseoir. Je ne sais jamais si je dois lui serrer la main ou s'il préférerait que je l'embrasse, alors je ne fais rien ; ou disons plutôt que je le salue mais sur un ton léger, comme s'il était inutile de formaliser nos retrouvailles, comme si nous étions suffisamment intimes pour nous passer des conventions.

– Bonsoir François, pardon pour ma tenue, je sors tout juste de la salle de sport. Ce n'est pas très loin d'ici, et comme je passais dans le coin avant de rentrer... Enfin, je me suis rappelé que vous restiez souvent tard à l'atelier. C'est ce que m'avait dit... Du moins, c'est ce que j'avais compris. Je ne vous dérange pas ?

– Pas le moins du monde, tu as bien fait de venir. Je suis toujours là, comme tu le vois, fidèle au poste. Que veux-tu, il faut bien que quelqu'un s'occupe de restaurer ces vieux bouquins, n'est-ce pas ? Les gens comptent sur moi. En revanche, excuse-moi, il faut absolument que je termine ma pose avant que la colle ne sèche. Donne-moi quelques instants et je suis à toi.

J'ai attendu ainsi de longues minutes, assis sur mon tabouret. Équipé d'une loupe monocle qui lui masquait une partie du visage, François manipulait de petits morceaux d'étoffe au bout d'une longue pince métallique, tentant de les positionner avec minutie sur la couverture élimée d'une sorte de grimoire. Tout en faisant mine de considérer ma présence en ponctuant ses gestes de commentaires enthousiastes (« *Plus que trois !* », « *Là, c'est bien.* », « *On y est presque.* »), il paraissait totalement absorbé par sa tâche.

C'est au moment où il s'apprêtait à en terminer – il venait d'annoncer « *Allez, le dernier !* » – que la musique à la radio s'est interrompue pour laisser place à un bulletin d'information. Il devait être vingt heures, sans doute. La présentatrice a lentement déroulé la liste des nouvelles du jour, sans affectation ni émotion particulière ; ce devait être le même texte, au mot près, qu'elle avait récité une heure plus tôt. J'écoutais d'une oreille distraite. Il était question d'une vieille dame qui avait été séquestrée à son domicile, ainsi que d'une histoire de rodéo urbain.

— Pauvres de nous, dans quelle époque vit-on. J'ai l'impression que chaque jour est plus sombre que le précédent, qu'il n'y a plus aucun frein à l'hégémonie des barbares. Et je ne dis pas cela en raison de... du drame qui nous a frappés. Personne ne veut regarder la réalité en face. Imaginer le pire, collectivement. (Il marquait de longues pauses entre chaque phrase, mais je n'arrivais pas à me figurer s'il attendait une réponse de ma part ou si c'était simplement pour mieux se concentrer sur ses gestes). Personne ne veut se confronter à la possibilité d'un chaos total. Ils font tous semblant de croire qu'en faisant le dos rond, cela passera. Mais rien ne passera sans un sursaut. Dieu ne nous viendra pas en aide si nous ne prenons pas notre destin en main.

Allez, toujours le même discours, on croirait entendre Mina. Oui, très bien, les temps sont durs et l'avenir est moche, mais la faute à qui ? Il faudrait peut-être se poser la question. Les gens comme François, c'est-à-dire les vieux pour simplifier, se comportent toujours de la même manière lorsqu'ils prennent soudain conscience de l'état du monde. Ils soupirent, lèvent les yeux vers un ciel désert et marmonnent des phrases vides, comme pour quémander le salut de leur âme. Comme pour se laver de toute responsabilité, surtout. Ils me font pitié, plus encore que honte. Vraiment, je n'aimerais pas être à leur place.

– Nous vivons un basculement tragique de l'histoire, Guillaume. (Il avait enlevé son monocle afin de s'essuyer le visage avec le dos de la main.) Les générations comme la mienne, qui n'ont pas connu la guerre, vont désormais céder la place à celles qui n'en ont même pas entendu parler. De mon temps, on avait tous un oncle ou un grand-père qui était parti au front. Tous. À l'école, on nous faisait rencontrer des anciens combattants ou des déportés, même certains très âgés, qui nous racontaient leurs souvenirs comme s'ils s'étaient déroulés la veille. Maintenant, c'est fini. La jeunesse d'aujourd'hui n'a même plus accès au souvenir de ces gens-là et de leurs existences immenses et dramatiques. En cela, il me semble qu'elle a perdu le contact avec ce qui demeure l'essentiel de la condition humaine, c'est-à-dire la conscience de la fragilité du bonheur. Et de la vie, en général.

En prononçant ces mots, il a fermé les yeux à plusieurs reprises, comme s'ils lui faisaient mal. Je n'avais aucune envie d'aborder les sujets qui fâchent alors j'ai fait semblant de ne pas avoir compris où il souhaitait en venir, ou de suivre simplement ma propre idée.

– Il a l'air très vieux ce livre. C'est quoi ?

– C'est un bréviaire. Un recueil de prières, écrit en latin. Celui-ci date du XVIIIe siècle. Comme tu peux le constater, la couverture est très abîmée. C'est pourquoi je dois pratiquer une greffe de cuir. Par petits morceaux, tu vois. Il s'agit d'une opération très exigeante et particulièrement minutieuse.

Il a feint de reprendre son travail où il l'avait laissé, avant de s'arrêter net après seulement quelques instants. Là, il s'est redressé dans un long soupir, puis il a posé sa pince à côté de la loupe monocle. Alors, tout en se tenant la tête à deux mains, il s'est mis à regarder fixement la photo de famille qui trônait sur un coin de son bureau, au pied de la grosse lampe d'architecte. Sa respiration était devenue lourde, presque pénible. Il est resté un moment comme ça, sans bouger ; je n'ai rien dit. Une musique triste passait à la radio, c'était peut-être un requiem ou une sorte de cantique, je ne sais pas. Dans ses yeux, je voyais hésiter des larmes.

– Tu sais, Guillaume, quand Alice était petite, je mourrais d'inquiétude pour elle. Chaque jour, je craignais que l'école ne m'appelle pour m'annoncer qu'elle était tombée dans la cour de récréation, qu'un camarade l'avait bousculée ou je ne sais quel autre accident. Il y avait quelque chose de terriblement angoissant pour moi dans cet honneur et cette charge d'être père. Avec son frère et sa sœur, ce n'était déjà plus la même chose, je m'étais habitué, et puis j'étais devenu plus mûr aussi. Je me consacrais beaucoup à eux, presque sans retenue, mais sans peur non plus… Puis un jour vient le temps où les enfants nous échappent pour devenir des individus autonomes et responsables de leurs actes. À ce moment-là, on se remet à penser à soi, à sa santé, à son propre devenir, c'est presque mécanique. On ne s'imagine pas, même une seconde, qu'on devra enterrer un de ses enfants. Un truc pareil, c'est… C'est impensable, tu comprends ? C'est impensable, c'est cruel et c'est injuste.

– Je comprends. Je comprends très bien. Mais ce n'est peut-être qu'un au revoir. Ne pensez-vous pas que vous pourriez la rejoindre, un jour, quelque part, quand vous serez… Enfin, plus tard, dans une autre vie ? Vous êtes croyant tout de même, il me semble que ça fait partie du postulat de départ. De l'équipement religieux de base, je dirais.

– Non, non, allons. Je suis croyant certes, mais ma foi est animée par la raison. Je ne suis pas naïf. Je n'imagine pas qu'à ma mort on puisse se retrouver là-haut, sous une forme plus ou moins tangible. Enfin, pas comme on a l'habitude de le représenter généralement, je veux dire, pas au sens de deux spectres évanescents qui courraient l'un vers l'autre et se prendraient dans les bras, le tout dans une espèce de halo de lumière blanche, au beau milieu d'un éden éthéré. Non, je sais que cela ne se passe pas ainsi, je ne l'imagine pas une seconde. Mais pour autant, je crois, non, je sais, que nos âmes reposeront au même endroit. Dans une proximité de calme, de sérénité et d'amour. Cela, j'en suis persuadé. Et cette pensée me suffit.

À ce moment-là, il a levé ses yeux vers les miens, comme s'il y cherchait quelque chose. L'éclairage blafard de la lampe de bureau accentuait les contours de son visage et lui donnait un air plus massif, plus grave aussi.

— Tu n'imagines pas la quantité de voyants, de médiums et autres cinglés du même genre qui m'ont contacté depuis la mort d'Alice. Une vingtaine au moins, et rien que sur internet ; j'ai dû débrancher le téléphone de l'atelier. Tous prétendent l'avoir vue ou entendue. C'était toujours le même discours : ma fille souhaiterait s'adresser à moi depuis l'au-delà, pour me rassurer. Et, bien sûr, elle les aurait choisis comme messagers. Ces gens-là me donnent la nausée, Guillaume. Au début, je leur répondais en les menaçant de porter plainte, mais j'ai vite compris que c'était un moyen pour eux de me faire entrer dans leur jeu, d'une certaine manière. Ils me relançaient ensuite en me donnant des dates, une suite de chiffres ou des initiales en me demandant ce que cela évoquait pour moi. Je devenais fou. Aujourd'hui, je n'ouvre plus ma messagerie. Sur mon portable, je ne réponds qu'aux personnes que je connais, c'est-à-dire la famille et les quelques clients dont je suis proche et qui sont devenus des amis avec le temps. Tout le reste peut attendre. Maintenant, je ne souhaite qu'une chose : qu'on me laisse faire mon deuil sereinement.

Je suis resté sans rien dire. Je regardais ses mains qui s'étaient mises à trembler.

— Mais assez parlé de mes problèmes. Dis-moi, Guillaume, qu'est-ce que tu penses de maître Rochambeau et du plan de bataille qu'il nous a exposé hier ? Tu ne m'as pas semblé particulièrement convaincu par sa démonstration. Je me trompe ?

— Je pense que c'est certainement un très bon avocat et qu'il sait ce qu'il fait. Pour le reste...

— Pour le reste, quoi ?

— Je ne devrais peut-être pas vous le dire, mais... Voilà, je ne tiens pas spécialement à ce que ce procès ait lieu. Pour être honnête, je me fiche complètement du sort de ce fou.

— Pardon ? Mais, comment... Comment oses-tu dire une chose pareille ?

— C'est ce que je pense. Je suis comme vous, François, je souhaite désormais qu'on me laisse tranquille. Et, comme vous, je sais qu'un procès ne ramènera pas Alice.

— Non, mais je n'ai jamais dit cela non plus. Allons, voyons... Bien sûr que je souhaite qu'on me fiche la paix, ainsi qu'à toi et à nous tous, je veux dire nous, les victimes. Mais pas à cette ordure. Pas à ce monstre qui a brisé nos vies. Pense à Alice, tu ne crois pas qu'elle aurait souhaité qu'on se batte pour elle ? Qu'on lui rende justice ?

– Je ne sais pas, je le lui demanderai.

– Pardon ?

– Non, rien...

Il s'est levé d'un bond, en me faisant sursauter, et s'est mis à déambuler dans l'atelier, sans raison apparente. J'entendis le bruit de ses pas s'éloigner dans mon dos mais je ne me retournai pas. Alors depuis le fond de la pièce, il a haussé le ton, comme pour mieux se faire entendre, tout en évacuant sa colère :

– Vous fuyez, tous... Tous ! Toute votre génération, ou presque. Vous ne cherchez qu'à disparaître, à raser les murs. Et surtout, que les autres, les étrangers, les affamés, vous laissent bien tranquilles, hein... C'est tout ce qui compte. Vous vous en fichez vous êtes déjà ailleurs. En Australie ou au Japon, quand ce n'est pas plus loin encore, de l'autre côté de la vie, dans vos réseaux sociaux et vos mondes virtuels. On dirait des lévriers derrière un lapin mécanique : vous courrez après une notoriété illusoire qui ne signifie rien et des rêves absurdes qui ne sont même pas les vôtres. Et puis, comme vous ne voulez plus travailler, que vous ne cherchez que de l'argent facile, eh bien tout s'écroule dans ce fichu pays. Voilà... Allez hop, sauve qui peut maintenant ! Chacun pour soi ! Et tant pis pour les morts, les vieux et les faibles, ils n'ont qu'à se débrouiller seuls.

Dans sa voix, il y avait moins d'amertume que de tristesse, mais je comprenais surtout que ses reproches à la jeunesse s'adressaient directement à moi. Il me prenait en exemple, ou plutôt en symptôme, d'une société moderne qu'il ne comprenait plus. J'aurais voulu dire quelque chose à cet instant mais je ne savais pas quoi, la situation devenait embarrassante et j'ignorais quelle attitude adopter. Tandis qu'il était venu se rasseoir sur son fauteuil, je n'avais toujours pas bronché. Réfugiés en nous-même, nous ne partagions plus qu'un silence suspendu. C'est lorsqu'il s'est mis à pleurer dans sa main que je me suis levé dans l'intention de partir. Il me semblait qu'on n'avait plus rien à se dire, que j'avais commis une erreur en me rendant ici.

— Guillaume, attends... Tiens, prends ce bouquin.

Du tiroir de son bureau, il a sorti un petit livre de poche aux coins tordus et à la couverture jaunâtre sur laquelle se détachait en rouge un titre nébuleux : *Court traité de l'existence et de l'existant*. Au moment de me le remettre, une émotion aussi intense que fugitive a éclairé son visage.

— J'ai lu ce livre quand j'avais ton âge, et il a changé ma façon de voir la vie... Je te le prête, fais-en bon usage. Tu me le rendras plus tard, enfin quand tu voudras.

J'ai glissé le bouquin dans la poche de ma veste avant de ramasser mon sac de sport et de remercier mon hôte.

Au moment de replier le tabouret, François a insisté pour s'en occuper à ma place car ce n'était pas si simple ; enfin c'était un vieux modèle, rongé par la rouille, on pouvait facilement se pincer les doigts. Je n'ai pas insisté et je l'ai regardé faire. Bien qu'il cherchait à se contrôler, ses mains tremblaient encore.

## 13

Quand je suis sorti de l'atelier, il soufflait une légère brise, humide et rafraîchissante, comme il en vient parfois le soir après l'orage. Il faisait encore clair mais le ciel s'effaçait peu à peu, l'air sentait déjà la nuit. Tout en descendant la rue Cambronne, sans courir mais à un pas soutenu, j'ai songé à la réaction de François lorsque je lui ai annoncé que je ne souhaitais pas de procès. Je repensais aussi à sa vision pessimiste de l'avenir et à son ressentiment envers la jeunesse de ce pays. De façon générale, je me suis demandé s'il fallait que je parle à Alice de ma discussion avec son père ou s'il valait mieux que je garde ça pour moi. Les mots de Meryem, eux aussi, me revenaient en tête. Mes idées s'enchevêtraient et je me mettais à douter de tout.

Tandis que je poursuivais mon chemin rue Paul-Barruel, j'ai repris le téléphone à la main, presque machinalement, afin de consulter mes messages en absence et faire le tri de mes dernières photos. Je suis retombé sur celle de l'avatar d'Alice, ajoutant encore à ma confusion. Qu'est-ce qui pouvait bien se cacher derrière ce tas de pixels, je me suis demandé. Quelle proportion d'humanité ? Je me perdais en hypothèses alambiquées mais j'en arrivais toujours à la même conclusion : en définitive, le meilleur moyen de m'assurer qu'il s'agissait vraiment d'elle – ou même d'une partie résiduelle de son âme, ça me suffisait – et pas d'une pure intelligence numérique, ce serait que je l'amène à me parler de nous. À me raconter comment on s'était connus, par exemple. Voilà qui me permettra de cerner à qui – ou à quoi – j'avais affaire. Je lui demanderai de me livrer la vérité, bien sûr, pas la version officielle. Oui, parce qu'Alice ne souhaitait pas que les gens sachent que l'on s'était rencontré banalement, sur Tinder, comme tout le monde. Pour cette raison, elle nous avait fabriqué une histoire de toutes pièces. Un truc assez cliché, un coup de foudre dans le métro : nos regards s'étaient croisés, je l'avais accostée alors qu'elle descendait à Cluny et elle avait accepté que je l'accompagne jusqu'à la fac. Il me semble que personne n'était dupe lorsqu'elle récitait cette fable en public mais ça la rassurait, surtout vis-à-vis de son père, auprès duquel elle tenait encore à jouer le rôle d'une fillette douce et ingénue. En vérité, on avait *matché* un dimanche soir et échangé quelques messages sur l'appli dans la foulée. Elle m'avait donné rendez-vous au Starbucks de Vaugirard dès le lendemain. J'étais le premier arrivé. Quand elle s'est détachée de la foule pour s'approcher de moi, je l'ai trouvée mignonne, plutôt bien fichue, mais rien de plus. Une huit-sur-dix, je me suis dit. Pas mal, mais pour être déjà sorti avec des neuf-sur-dix (et même une fois avec une neuf-et-demi, une mannequin hongroise), je n'étais pas tellement impressionné. En tout cas, rien ne m'incitait particulièrement à lui faire la conversation. Donc je la laissai venir, mais sans la rejeter non plus. Si je ne me sens pas contraint d'être agréable avec les femmes (ou même les gens, en général), je ne suis pas grossier pour autant. Simplement, je me méfie. C'est donc elle qui s'est mise à parler la première, et je me suis vite rendu compte de sa finesse d'esprit et de son érudition. Ce n'était pas commun – d'autant moins sur Tinder – et rien sur son profil ne le laissait présager. Au bout d'un certain temps, peut-être cinq minutes, elle s'est interrompue, m'a considéré froidement avant de me demander, sur un ton presque insolent, si j'étais heureux dans la vie. Une question embarrassante, à vrai dire, qui m'a semblé trop intime et m'a décontenancé. J'aurais dû me taire, à ce moment-là ; le silence donne l'air intéressant, c'est connu. Au lieu de quoi j'ai répondu quelque chose, je ne sais plus, une banalité qui sonnait juste mais trahissait surtout mon envie de lui plaire. Elle a souri aussitôt et ses yeux se sont mis à scintiller. Elle était devenue belle en un instant.

Mais où en étais-je ? Ah oui, comment savoir s'il s'agit vraiment d'elle. Il me faudra la questionner sur nos souvenirs communs et nos secrets intimes, je l'ai déjà dit mais c'est essentiel. Ensuite, il y a le son de sa voix, que je n'ai pas pu entendre puisqu'elle avait désactivé les échanges audio. Je sais bien que certaines intelligences artificielles parviennent sans difficulté à imiter n'importe quelle voix humaine mais, paradoxalement, elles ont souvent beaucoup de mal à reproduire les silences. Or, il me semble que je les reconnaîtrais entre mille, les silences d'Alice. Enfin, je crois. Déjà, elle causait peu. Et j'aimais ça. Contrairement à Mina, elle me donnait l'impression de préférer m'écouter. Par exemple, elle n'hésitait pas à s'interrompre, au beau milieu d'une phrase, si elle sentait que je ne suivais pas son idée. C'est quelque chose de rare, cette manière d'être. La plupart des gens ne s'adressent qu'à eux-mêmes, ils se fichent qu'on les comprenne. Je lui parlerai aussi de sa foi, bien sûr ; une question qu'elle avait évoquée dès notre premier rendez-vous, et très directement. Sans doute cherchait-elle alors à sonder ma position sur le sujet, quitte peut-être à ne plus me revoir. Mais ses convictions religieuses ne me dérangeaient pas, bien au contraire. Même si je ne suis pas croyant, j'appréciais qu'Alice le soit. Il me semble que ça lui conférait un certain style, un raffinement particulier. Le Patron s'était forgé une opinion là-dessus, qu'il avait essayé de me transmettre. Il considérait que les femmes athées manquaient de charme car elles étaient idiotes, tout comme les hommes croyants. Tandis que les femmes croyantes, à l'image des hommes athées, s'avéraient souvent intéressantes parce qu'elles cachaient un fond mystique. Enfin, je ne me souviens plus des termes exacts qu'il employait mais c'était ce genre d'idée. Il lui arrivait parfois de lancer des phrases en l'air, dans ce style-là, un peu énigmatiques. Au sujet des femmes, le plus souvent. À ce propos, précisément, il me revient en mémoire un souvenir d'enfance. Un soir qu'il m'avait aperçu en train d'embrasser une camarade de classe devant le portail de la maison, en rentrant de l'école, le Patron m'avait pris à part. Il souhaitait que nous ayons une vraie conversation. Rien que nous deux, « *entre hommes* » m'avait-il dit. Je m'en souviens comme si c'était hier : « *Mon fils, tu dois faire très attention aux femmes. Elles finissent toujours par reprendre ce qu'elles t'ont donné, fais-moi confiance. Et à ce moment-là tu te retrouves seul et tu souffres. Cela peut durer des jours, des mois, des années parfois. Tu crois que tu vas les oublier mais elles se débrouillent toujours pour rester dans un coin de ta tête et te bouffer la vie… Et puis, méfie-toi surtout des fumeuses, de celles-là on met un temps fou à décrocher.* » Voilà ses mots exacts. Je ne sais pas s'il avait trop réfléchi à ce qu'il souhaitait me dire, ou s'il rejouait simplement le texte d'un de ses vieux films, mais le sens de cet avertissement m'avait totalement échappé. Pour commencer, je ne connaissais aucune fumeuse parmi mes camarades de CM2. Ensuite, les femmes, mon père avait dû en fréquenter une poignée, avant Mina, mais enfin il n'en parlait jamais et aucune d'elles n'avait, semble-t-il, laissé de traces dans sa vie. Enfin, je ne sais pas pourquoi je me mets à parler de ça, des souvenirs d'Alice et de mon père, je n'aime pas ressasser les histoires du passé. La nostalgie ne conduit à rien, en tout cas rien d'utile. « *Un peigne pour les chauves* », comme disait le Patron.

Quand j'ai poussé la porte de l'appartement, Mina m'attendait dans l'entrée. Elle s'était inquiétée, n'ayant pas reçu le moindre signe de ma part depuis notre altercation du matin. Elle avait dû pleurer car ses yeux étaient secs mais encore gonflés. C'est vrai que j'étais sorti sans prévenir mais enfin, ça n'avait rien d'anormal, ce genre de situation se produisait régulièrement. Pourtant, elle s'obstinait à rejeter la faute sur moi. Compte tenu de mon comportement de ces derniers jours, elle avait craint que je ne commette « une bêtise ». Eh bien, voilà autre chose. Encore une ânerie qu'elle avait dû entendre dans un de ses talk-shows à la télé et qui lui était montée à la tête. Afin de la rassurer, je lui ai demandé de venir avec moi à l'audition prévue le lendemain au commissariat du XIVe arrondissement, avenue du Maine. L'occasion d'une sortie ensemble, je me suis dit. Même si ce n'était que pour procéder à une énième déposition devant les enquêteurs, j'ai pensé que ça l'intéresserait. « *Certainement pas !* », m'a-t-elle répondu. Elle semblait encore vexée, de toute évidence, et souhaitait marquer le coup. Je n'ai pas insisté, pour une fois. Je savais bien qu'elle m'accompagnerait, et elle aussi d'ailleurs.

En toute franchise, je n'ai pas été surpris par cette crise de panique. J'ai déjà expliqué que je supportais mal la solitude, mais en ce qui concerne Mina, c'est pire encore. Chez elle, ça provoque une angoisse insoutenable. C'est pour cette raison aussi que je vis toujours avec elle, il faut voir comment elle se comporte quand je ne suis pas là. Parfois elle parle aux chiens, ou même toute seule, d'autres fois pas du tout, mais alors elle s'agite comme une mouche tombée dans l'eau. Je le sais parce que j'avais installé une caméra de surveillance dans l'appartement, après que Mina s'était fait agresser par un SDF il y a quelques années. Il m'avait semblé que c'était une bonne idée, que je puisse garder ainsi un œil sur elle en permanence, même quand j'étais à l'extérieur, mais elle m'avait rapidement demandé de tout débrancher parce que le fait de se sentir observée la mettait mal à l'aise. C'est curieux mais je me demande parfois si elle n'était pas plus épanouie à l'époque où elle travaillait. Si je me pose la question, c'est que j'ai remarqué que les gens de sa génération se trouvent en permanence dans la nécessité de voir du monde. On dirait qu'ils ont un besoin impérieux d'interactions sociales, je veux dire au sens physique ; un besoin presque animal de sortir de chez eux pour renifler les autres et leur parler, sans pour autant avoir quelque chose à leur dire. Il faut se souvenir qu'internet n'existait pas quand ils étaient jeunes ; ça semble fou quand on y réfléchit, mais c'est une réalité. Le travail constituait souvent leur unique lien social, d'ailleurs c'est pour cette raison qu'ils l'idéalisent et ont généralement du mal à envisager sa disparition. Il convient tout de même de relativiser : dans le cas de Mina, l'expérience de la vie professionnelle ne représente qu'une période transitoire d'une douzaine d'années. De la mort du Patron, à peu près, jusqu'à ce que je termine mes études. Je ne dis pas cela pour minimiser les efforts qu'elle a dû fournir, à cette époque, pour entrer dans le moule abrutissant des masses laborieuses. Le fameux métro-boulot-dodo, quel enfer. Et puis, j'imagine que ce n'était pas évident non plus de trouver un emploi décent à cinquante ans dans les années 2000, surtout quand on n'a pas le bac et jamais travaillé de sa vie. De mémoire, Mina avait commencé comme manutentionnaire (dans une biscuiterie je crois, elle mettait des emballages en carton dans des boîtes plus grandes) avant de dénicher un poste envié de secrétaire à mi-temps, au rectorat de l'académie de Paris. Elle me parle souvent de cette époque, dans le but de me faire culpabiliser. Je lui réponds à chaque fois que je n'y suis pour rien si mon père est mort d'une crise cardiaque pendant qu'elle traînait au lit, que sans cet événement, elle n'aurait jamais été obligée de bosser. En général, ça suffit à mettre un terme à ses jérémiades. Parce que, de son vivant, le Patron ne souhaitait pas que Mina travaille. Il jugeait que ce n'était pas nécessaire, que son salaire suffisait à nous faire vivre confortablement. Car il avait un bon métier, de son point de vue, une situation stable. Il était représentant de commerce, comme on disait à son époque. Il travaillait pour Bayer, le groupe pharmaceutique allemand, et démarchait les vétérinaires de toute la moitié sud de Paris, ainsi que ceux des Yvelines et de l'Essonne, pour leur vanter les mérites des vermifuges de la marque. À la fin de sa carrière, il s'était même retrouvé promu « Délégué régional ». J'ignorais ce que cette évolution de poste pouvait représenter, à part l'évidente nécessité de couvrir une zone géographique plus vaste, mais ce titre semblait le combler de fierté. Je le revois encore dans son costume marron, celui du mardi, en train de nous annoncer la grande nouvelle, au moment du dîner. Dans l'euphorie, il en avait même embrassé Mina, je m'en souviens très bien. C'était trois semaines avant sa mort.

Allez, me voilà reparti à évoquer mes souvenirs alors que je souhaitais simplement rapporter le comportement de Mina. C'est terrible, cette nouvelle manie : il me devient de plus en plus difficile de suivre une idée précise, de ne pas dévier de mon raisonnement. Je constate ce problème de concentration depuis quelques jours maintenant, sans que je puisse en identifier la cause. Parfois ces troubles s'accompagnent de migraines et d'une sensation de vertige. Peut-être est-ce le résultat de toutes ces nuits passées dans les métavers avec mon casque sur les yeux ? Ou bien les premiers symptômes d'une mononucléose, qui sait ? Il m'arrive d'envisager le pire. Mais je me dis que si j'avais une tumeur au cerveau, on l'aurait décelée au scanner, quand j'étais à l'hôpital. Donc il s'agit forcément d'autre chose.

Durant le dîner, Mina m'a reparlé de la marche blanche. Rochambeau avait enfin arrêté la date, ce serait le matin du 13 mai, soit dans à peine quatre jours. Un vaste plan de communication venait tout juste d'être déployé et des médias étrangers avaient déjà répondu présents. Des élus d'opposition aussi, ainsi que quelques personnalités de la télé et de YouTube. Enfin, c'est ce que j'ai retenu, mais Mina mélangeait les noms et se perdait sans cesse dans des détails insignifiants. Toute cette agitation semble lui tourner la tête. Ce sera un moment marquant de sa vie, à n'en pas douter, il suffit de l'entendre prononcer « *la Marche* » sur un ton ronflant. Même si elle n'a pas essayé ouvertement de me convaincre d'y participer, j'ai bien senti qu'elle insistait sur l'importance à ses yeux d'un tel événement. Je l'ai écoutée sans l'interrompre. Elle parlait de défiler pour la dignité et de respecter la mémoire des défunts, elle avait l'air sincère. J'ai surtout compris que c'était devenu l'enjeu d'une vie, cette quête de justice (ou plutôt de vengeance), qu'à presque soixante-huit ans elle embrassait enfin un combat plus grand qu'elle. En y réfléchissant, ça peut sembler un peu médiocre comme attitude, de s'épanouir ainsi dans le malheur des autres, mais c'est de son niveau. Je me souviens combien elle se sentait importante au début, au moment où il fallait repousser les journalistes de ma chambre d'hôpital, on le voyait à sa posture générale, qui s'était redressée tout d'un coup. À n'en pas douter, elle aurait même rêvé de prendre ma place, histoire de se trouver davantage au centre de l'attention. Bah, c'est ainsi. Si elle accourt aujourd'hui vers ce que je m'efforce de fuir, ça n'a rien d'étonnant. Tout nous a toujours opposés, je ne lui en veux pas. Non, mon problème avec cette marche, ce sont plutôt les inconnus, les parasites. Certaines personnes qui se disent proches des victimes, quelques associations ou groupuscules politiques, une poignée d'anonymes sur les réseaux sociaux. J'allais dire le reste du monde, mais non, le reste du monde s'en fiche lui, il est passé à autre chose depuis bien longtemps et c'est tant mieux. Non, je veux parler de ceux qui persistent à parler de moi sans même me demander mon avis. Ceux qui se réfèrent au passé, à la religion ou à la France, à ce qu'ils appellent des « principes » et des « valeurs ». Je suis la seule victime encore en vie, ils n'ont de cesse de le répéter, tous autant qu'ils sont. Alors ils souhaiteraient m'ériger en totem ou en héros national. Faire de moi un symbole, une sorte de stèle ambulante. Ils projettent sur moi toutes leurs petites misères, leurs ambitions minables ou leurs frustrations. Ceux-là, je voudrais qu'ils m'oublient. Qu'ils aillent au diable, puisqu'ils y croient.

Je suis revenu dans ma chambre, après le dîner, où j'ai écrit jusqu'à maintenant. Il est presque minuit et je commence à fatiguer. Je garde un œil sur Omniverse, malgré tout. Juste une petite fenêtre dans un coin de l'écran, mais on ne sait jamais. Si je me fonde sur l'historique de ses connexions précédentes, elle pourrait bien ne pas tarder.

***

La voilà, enfin. Deux heures et demie que je l'attends, posté au même endroit que la dernière fois, devant le magasin de chaussures. Il n'y a personne autour de nous, pour autant je ne bouge pas. Je reste planté au milieu de la rue, l'air de rien, je la laisse s'avancer vers moi. Elle a changé de tenue, elle porte une longue robe noire et des sandales tressées. On dirait que ses cheveux sont différents aussi. Plus courts peut-être, ou plus foncés, je ne sais pas. Je me sens un peu fébrile, c'est comme si nous avions rendez-vous pour la première fois. C'est ridicule mais je m'en veux de ne pas avoir prévu d'autres vêtements pour mon avatar : il me semble que j'ai l'air d'un gamin avec mon tee-shirt Iron Maiden.

<slashg0rd0n> bonsoir Alice
<slashg0rd0n> tu es très belle
<calisson2803> merci
<calisson2803> tu m'attendais ?
<slashg0rd0n> non je viens d'arriver
<calisson2803> ok tant mieux
<calisson2803> je vais faire un tour au parc montsouris
<calisson2803> tu peux venir avec moi si tu veux
<slashg0rd0n> ok

Elle marche devant, pas trop vite mais sans se retourner. Je la suis de près pour ne pas risquer de la perdre.

<slashg0rd0n> je peux te demander un truc alice ?
<calisson2803> vas y
<slashg0rd0n> pourquoi tu es en mode mute ?
<slashg0rd0n> j'aimerais tellement entendre ta voix
<calisson2803> c pas possible, je peux juste en mode text dsl
<calisson2803> c comme ça ou rien
<slashg0rd0n> ok pas de problème
<slashg0rd0n> je posais juste la question comme ça
<slashg0rd0n> et parce que le son de ta voix me manque... :/
<calisson2803> moi aussi il me manque
<calisson2803> mais c comme ça
<calisson2803> si ça te convient pas tu peux me laisser seule
<slashg0rd0n> non mais ça me va bien tkt
<slashg0rd0n> aucun souci

Elle accélère et change de trottoir. Je reviens à sa hauteur en courant.

<slashg0rd0n> tu te souviens de notre rencontre ?
<calisson2803> oui bien sûr
<slashg0rd0n> j'y repense souvent
<slashg0rd0n> on se serait cru dans un film...
<slashg0rd0n> comment j'ai couru dans la station pour te rattraper

<slashg0rd0n> je savais pas quoi te dire mais j'ai improvisé
<calisson2803> haha
<calisson2803> tu veux me piéger ou quoi ?
<slashg0rd0n> hein ?
<calisson2803> arrête tu sais très bien qu'on a matché sur tinder
<calisson2803> avant que je te donne rdv le lendemain au starbucks
<slashg0rd0n> oui je sais
<slashg0rd0n> pardon
<calisson2803> t'as pas confiance ?
<slashg0rd0n> si si dsl

Son avatar se met à clignoter, le signe que sa connexion va bientôt se terminer.

<calisson2803> je vais te laisser guillaume
<slashg0rd0n> pourquoi ? on est même pas arrivé au parc
<slashg0rd0n> je t'ai vexée ?
<calisson2803> non
<calisson2803> c juste que je dois filer
<slashg0rd0n> mais filer où ?
<calisson2803> ailleurs
<calisson2803> c comme ça c tout
<calisson2803> bonne nuit
<slashg0rd0n> attends je voulais te demander un autre truc stp
<slashg0rd0n> c'est par rapport à ce qui se passe après la mort

<slashg0rd0n> tu as ressenti qqchose ? une présence ?
une lumière ?
[calisson2803 est déconnecté.e]

Je suis un crétin. C'est ma faute si elle est partie, je suis trop insistant avec mes questions.

Qu'est-ce qui m'a pris de lui parler comme ça, d'emblée, de notre premier rendez-vous ? J'aurais dû attendre, me montrer plus patient. Plus subtil, surtout.

J'espère seulement qu'elle ne m'en veut pas.

[Quit]

## 14

À mon réveil, la journée était déjà bien avancée même si rien ne semblait l'indiquer. Le soleil paraissait derrière les rideaux. Dehors, une timide rumeur ronronnait. Bizarre. On n'était pourtant pas dimanche, car dimanche c'était la veille ; ça ne faisait aucun doute puisque Mina nous avait servi un genre de blanquette de veau pour le repas de midi. Alors, quoi ? Un jour férié ? Peut-être. Je me suis souvenu que le mois de mai en comptait beaucoup, en tout cas plusieurs, mais lesquels, je n'en avais pas la moindre idée. Je ne connais rien aux dates importantes du calendrier, qu'elles concernent les guerres du passé ou les fêtes religieuses. Quoi qu'il en soit c'était sans importance : mon audition au commissariat ayant été repoussée, rien ni personne ne m'attendait.

Au moment de me hisser hors du lit, je me suis trouvé faible et cotonneux, comme quand on a de la fièvre. D'un seul coup, ma vue s'est mise à se brouiller. J'ai senti la tête me tourner et mes jambes se dérober sous mes hanches. Par chance, j'ai pu agripper le dossier de mon fauteuil de bureau, afin d'éviter la chute, mais il a fallu me rasseoir un instant, le temps que ça passe. Moins que leur intensité, c'est la fréquence de ces malaises qui commence à m'inquiéter. Je devrais sûrement en parler à quelqu'un, mais le problème c'est que mon médecin traitant n'est jamais disponible lorsque je sollicite un rendez-vous sur Doctolib, ou alors à des heures indues. Et puis, comme il s'occupe aussi de Mina, je crains qu'il ne lui révèle mes soucis de santé, surtout s'il suspecte quelque chose de grave. En revanche, rien ne m'empêcherait de consulter un autre praticien. Je pourrais très bien me rendre aux urgences de l'hôpital, par exemple. Ils reprendraient mon dossier et feraient immédiatement le rapprochement avec ce qui m'est arrivé au centre paroissial. Ils m'infligeraient aussitôt une nouvelle batterie de tests : IRM, scanner, prise de sang et le reste. Au moins, je serais vite fixé. Mais l'ennui, dans ce cas-là, c'est qu'ils avertiraient aussi la psychiatre de Sainte-Anne, qui rappliquerait dans la foulée. Elle ne m'a pas oublié, celle-là, je le sais. Pour preuve, je me souviens qu'elle avait appelé un soir, sur le téléphone de l'appartement, c'était quatre ou cinq jours après ma sortie de la maison de repos. Elle voulait me parler, au sujet de mon suivi psychologique. J'avais fait signe à Mina de lui répondre que je m'étais absenté. Avant de raccrocher, elle avait insisté pour que je la rappelle dès que je serais de retour, elle avait même laissé son numéro de portable personnel, au cas où je rentrerais tard. Bien entendu, je n'en avais rien fait, mais je me suis souvent demandé pourquoi elle s'était donné tout ce mal. Peut-être que je lui plaisais, après tout. Ce ne serait pas si surprenant.

Bref, qu'est-ce que je disais ? Oui, je me suis encore levé tard ce matin. Et Mina a encore râlé. Pourtant, il devait être onze heures moins vingt quand je suis sorti de ma chambre, ce qui me paraissait plutôt de bonne heure. Mais je sais ce qui l'énerve particulièrement dans ces cas-là : c'est de me voir déambuler en caleçon dans la cuisine, de me regarder me servir mon petit déjeuner sur un plateau avant de regagner ma tanière. Le tout sans un mot, ni même un regard. J'admets que ce soit vexant pour elle, mais je ne peux pas rester là à écouter ses âneries pendant qu'elle essuie la vaisselle ou qu'elle tranche des légumes. Subir des relents de poireaux ou d'oignons rouges au réveil, tout en avalant ses céréales, c'est insupportable, j'oserais même dire irrespectueux. Enfin, tout le monde peut comprendre ça, il me semble. Non ? D'accord, je suis peut-être un peu sévère et on peut objecter, à ma manière de raconter les choses, un certain parti pris ou même une forme de nombrilisme, je le conçois volontiers, et pour être honnête, j'ignore si le comportement de Mina paraîtrait tout aussi intolérable à quiconque ou si c'est simplement moi qui suis trop sensible, mais toujours est-il que je ne peux plus la supporter. Il m'arrive de souhaiter qu'elle fréquente davantage Solange, la mère d'Alice, et qu'elle se décide à lui ressembler ou tout au moins à adopter un minimum de tenue et de savoir-vivre, mais je crains qu'il ne soit trop tard pour ça. Sa pente naturelle la pousse à la médiocrité, au point qu'elle me paraît définitivement indécrottable. Enfin, ce n'est pas pour rien que le Patron ne l'emmenait jamais dans les grands restaurants, qu'en dehors de la famille, on ne recevait personne. Elle n'a pas la moindre allure, aucune dignité. Et je persiste à croire que si, dans ses dernières années de vie, mon père préférait sortir seul le soir plutôt que dîner à la maison, c'était certainement à cause d'elle et de ses manières rustiques.

Heureusement, je ne déjeunerai pas avec elle aujourd'hui. Ni même seul, je n'ai pas faim. Par ailleurs, Raphaëlle vient de me donner rendez-vous à quatorze heures à Saint-Germain-des-Prés, ça tombe très bien. Elle a quelque chose d'important à m'annoncer, paraît-il, elle n'a pas voulu m'en dire davantage dans son message vocal. Peut-être est-elle parvenue à communiquer avec Alice, elle aussi ? Pourquoi pas ? Ce serait formidable à entendre. Je me sentirais moins seul, et surtout plus personne ne me prendrait pour un fou. Bon, inutile toutefois de s'emballer, il s'agit certainement d'autre chose. Mais enfin, si c'est aussi important qu'elle le prétend, je n'imagine pas que ce soit sans lien avec Alice ou moi.

J'ai décidé de passer par le Luxembourg et je ne le regrette pas. Les arbres sont en fleurs, les oiseaux chantent, on croise des étudiantes qui se baladent en jupe.

Le printemps a décidé de déployer tous ses charmes aujourd'hui, de manière presque arrogante. On dirait qu'il se fiche bien qu'Alice soit morte, lui aussi. Comme tout le monde, finalement... Attention, en parlant de la sorte, je ne cherche pas à faire le malin, ni à me montrer sarcastique ou provocant. Si j'emploie des mots crus, c'est simplement que je n'en ai plus peur. Je ne crains plus de nommer les choses, comme je ne crains plus de penser à la mort. En fait, j'ai franchi une barrière invisible. C'est ainsi que je le ressens. Désormais, je me trouve dans un autre univers. Rien dans mon attitude ne le laisse paraître, mais moi je le sais. Je sais que je peux être ici et ailleurs au même instant, et ça change tout. Je m'explique : si on se place dans la perspective d'une métaphysique quantique, on peut tout à fait imaginer mener simultanément plusieurs existences parallèles. De la même manière qu'il a été démontré qu'il existe, en mécanique quantique, des états superposés, se pose aujourd'hui la question des « existences superposées ». J'en ai entendu parler sur un podcast scientifique, c'est très sérieux comme concept. Être présent ici et autre part, en même temps. Sans être expert, on peut concevoir ce genre de choses, en tout cas ça ne me semble pas illogique. Ainsi, Alice pourrait parfaitement continuer à mener une alter-existence dans le métavers tout en ayant disparu de notre réalité. Et il en serait de même pour tout le monde, potentiellement. Le Patron par exemple, ou même Mina ou moi. Tout le monde.

Depuis que je l'ai compris, c'est un peu comme si l'espace s'était dilaté. Les lieux et les choses me semblent déjà moins concrets, presque inconsistants. Mon humeur aussi a changé et certaines considérations que je pensais définitives ne me le paraissent plus autant. En dressant ce constat, une nouvelle fois, je ne cherche pas à impressionner qui que ce soit ou à me donner de l'importance. C'est simplement une réalité, je me sens différent. Peut-être suis-je déjà mort, sans le savoir, ou en transit vers une autre vie ? Peut-être suis-je à la fois ici et ailleurs, en train de m'observer ? C'est dingue comme idée, quand on y réfléchit. Et tellement grisant que j'en oublie que je suis en train de marcher dans la rue, que des gens me croisent et qu'ils se demandent sans doute à quoi je pense en me voyant sourire ainsi.

J'ai traîné en chemin, avec tout ça, et je suis certainement en retard. Pour ne rien arranger, une foule agitée et bruyante entrave ma progression sur le boulevard Saint-Germain. Je joue un peu des coudes, sans regarder personne ; je fais comme si les gens n'existaient pas. Au loin, j'aperçois la devanture du Café de Flore, ce refuge guindé pour touristes américains et étudiantes en Lettres. Je n'ai jamais aimé cet endroit mais Alice et ses copines y avaient leurs habitudes. Un autre de leurs petits codes bourgeois, enfin pour ce que j'en imagine. Raphaëlle est déjà là, plantée à l'angle de la rue Saint-Benoît, on dirait qu'elle s'impatiente. Elle me fait un petit signe de la main en me voyant approcher. C'est vrai que j'aurais pu ne pas la reconnaître. Elle porte une longue robe d'été dont le motif fleuri m'évoque une vieille publicité pour du fromage de chèvre. Son épaisse chevelure est tenue en place au sommet de son crâne par une large paire de lunettes noires aux reflets bleutés. On n'est pas encore au mois de juin mais elle a déjà le teint hâlé, comme si elle revenait d'une semaine de vacances au bord de la mer, et ça lui va bien.

Puisque personne ne vient nous placer, Raphaëlle décide de s'installer en terrasse. Sans réfléchir, elle se jette sur la première table venue, c'est-à-dire au premier rang, donc en plein soleil. Il y avait pourtant de la place un peu plus en retrait, ou même à l'intérieur, mais je ne dis rien. Il me semble que ses gestes et son attitude à mon égard traduisent une forme de malaise. Elle paraît gênée de se trouver là, en face de moi. Plutôt intimidée, je dirais. Tandis qu'elle joue, du bout des doigts, avec la carte des boissons placée devant elle, son regard fuyant ne trouve nulle part où se poser. Quelques anges passent ainsi sans que je n'intervienne ; je me contente de l'épier. Finalement, après un long soupir lâché comme un cri d'encouragement, elle se lance.

— Je vais partir, Guillaume.

— Hein ? Mais on vient à peine de s'asseoir.

— Non, je veux dire que je vais quitter le pays. Partir pour de bon, partir loin... J'y pense depuis un moment déjà.

— Ah bon.

— Oui, je sais, c'est surprenant. Je ne t'en ai jamais parlé. Mais la violence partout, les gens bizarres, les menaces et les sous-entendus, ce n'est plus possible pour moi. Je ne peux plus... Je ne peux plus rester dans une ville où tout me fait peur, dans laquelle je panique à chaque coin de rue. Je crois que si quelqu'un peut me comprendre, parmi mes amis, c'est bien toi.

— Oui, évidemment... Je te comprends. C'est vrai que ce n'est pas toujours facile ici, à Paris. Mais comme dans toutes les grandes métropoles du monde, enfin j'imagine. Bon, eh bien, bonne chance alors. J'espère que tu seras heureuse et que tout se passera comme tu le souhaites.

— Merci Guillaume, c'est gentil. Tu... Tu ne me demandes pas où je vais ?

— Si, si, bien sûr. J'allais le faire. Où est-ce que tu comptes vivre alors ?

— À Cracovie.

— Où ça ?

— À Cracovie, c'est en Pologne.

— Ah oui, c'est loin.

— Trois heures de vol, à peine. C'est une grande ville universitaire, tu sais. Là-bas, je pourrai étudier plus sereinement. Au niveau de l'ambiance de travail et du contenu des programmes, ça n'a rien à voir avec ce qui se fait ici, il y a une réelle exigence. Et surtout, on se sent en sécurité quand on marche dans la rue. Y compris quand on est une fille, et même tard le soir. Alors, c'est un peu ironique, bien sûr, parce qu'une partie de ma famille avait dû fuir la Pologne, à l'époque. Mais c'était il y a presque un siècle maintenant. Les temps ont changé.

La voilà donc sa grande nouvelle, elle quitte Paris. Tu parles d'un événement. Franchement, qu'est-ce que ça peut bien me faire ? J'ignore pourquoi mais je me sens subitement triste. Je me sens vide et abattu, vraiment. C'est stupide comme réaction, et je m'en veux. Je ne sais pas ce que j'espérais. Une révélation peut-être, ou même une anecdote quelconque, n'importe quoi qui puisse me concerner. Tandis que là... Je voudrais me lever et partir, mais ce serait impoli. Raphaëlle en serait vexée et elle ne le mérite pas. Je me dois, encore durant quelques minutes, de faire semblant de m'intéresser à ce qu'elle dit.

— Qu'est-ce qu'il y a ? Tu as l'air bizarre, tout d'un coup. Tu sais, je rentrerai régulièrement, au moins deux ou trois fois par an, pour voir ma famille, et puis on pourra rester en contact sur les réseaux. (Elle s'est avancée vers moi et m'a pris le poignet.) Ne t'inquiète pas Guillaume, je ne t'abandonne pas.

— Euh, non. Enfin, ce n'est pas ça. Mais comme tu m'as dit ce matin que tu avais une annonce importante à me faire, j'imaginais autre chose. C'est tout.

Elle a paru embarrassée et s'est mise à rougir. À cet instant, j'ai pensé qu'on s'engageait tous les deux dans une zone un peu floue, une forme de malentendu sentimental.

Son attitude sortait du cadre habituel de notre relation amicale, elle rompait avec les codes que nous avions tacitement établis. Je n'ai pas une longue expérience des relations humaines mais il m'arrive rarement de me tromper. Et comme à l'ambiguïté je préfère l'indélicatesse, il m'a semblé utile de préciser mon idée :

— Je suis désolé, je pensais que tu avais un truc à me dire à propos d'Alice. Peut-être un secret qu'elle t'aurait confié, ou bien un objet lui appartenant que tu aurais retrouvé, quelque chose de ce genre. Elle me manque, tu sais. Alice.

C'est idiot mais je crois que j'ai prononcé « Alice » deux fois, simplement pour entendre le son de son prénom. Une manière de la rappeler à moi, et à nous. De lui rendre quelques secondes de vie dans ce monde-ci, ainsi que sa juste place entre Raphaëlle et moi. Elle a eu l'air déconcertée l'espace d'un instant, puis elle a souri, découvrant de petites dents étroites qui, sur le devant, se chevauchaient un peu. Passé ce moment, la conversation a roulé sur l'évolution de son cursus universitaire et sur le déménagement qui se préparait. On n'a plus parlé d'Alice, je crois qu'elle souhaitait surtout me parler d'elle. Je n'avais pas envie non plus de lui raconter nos retrouvailles dans le métavers. Un monde nous séparait désormais, je désirais garder cela pour moi. Je ne me considérais pas abandonné pour autant, ni vexé, ni trahi. Enfin, pas encore. Non, il me tardait simplement de partir. C'est qu'il commençait à faire chaud sur cette terrasse. Le soleil, tel un gros œil doré, ne semblait fixer que mon visage. Tout à coup, j'ai ressenti une violente douleur à l'abdomen, comme une contraction, une sorte de spasme, et il m'a fallu réfléchir un instant pour me figurer de quel organe elle pouvait provenir et si je devais m'en inquiéter. Je me sentais proche du malaise vagal mais Raphaëlle ne s'apercevait de rien. Elle persistait à parler pour parler, sirotant lentement son Perrier-tranche, elle n'avait rien à me dire.

Si j'ai mis, dans un premier temps, cette indisposition passagère sur le compte de l'odeur de transpiration et de tabac froid qui semblait provenir du gros bonhomme assis juste derrière nous, il m'a fallu admettre qu'elle ne pouvait en rien expliquer que je sois soudain pris de frissons. Dès lors, il n'était plus question de gêne contenue ou de sourires de politesse. Prétextant un rendez-vous médical dont l'imminence venait brusquement de me revenir, je me suis levé d'un bond et je suis parti. Sous les yeux médusés de Raphaëlle, j'ai traversé les voies en courant, zigzagant au milieu du trafic comme si je poursuivais un fantôme, avant de jeter un faux regard inquiet à ma montre et de remonter le boulevard avec l'assurance de quelqu'un qui sait où il va. Une fois parvenu suffisamment loin pour me considérer hors de sa vue, je me suis arrêté un instant. J'étais en nage. Afin de reprendre mon souffle, je me suis mis à respirer lentement, à pleins poumons, la tête en l'air et les poings sur les hanches. Puis, j'ai repris ma déambulation, marchant au hasard mais surtout à l'ombre, jusqu'à retrouver des repères familiers. Rue de Rennes, métro Saint-Sulpice. Allez, courage Guillaume. Encore une petite demi-heure à pied avant de t'effondrer sur ton lit.

***

Rue des Cerisiers, au numéro quatre. Oui, c'est bien là. Les volets ont été repeints en vert mais la maison n'a pas changé. J'aperçois la fenêtre de ma chambre.

Il n'y a personne à l'intérieur. En tout cas, tout est fermé. Je ne peux même pas pousser le portail pour visiter le jardin. La rue semble totalement déserte, elle aussi. En même temps, il fait nuit noire, c'est un peu normal. Passé minuit, c'est mort à Villemomble. Mais je reviendrai... Oui, je reviendrai. Plutôt en journée, évidemment. Un dimanche matin, par exemple, à l'heure où il sortait chercher le pain. Oui, pourquoi pas, ça me parait une bonne idée. Un dimanche, vers neuf heures. On ne sait jamais.

Bon, je commence à me sentir vraiment seul là. Un peu mal à l'aise aussi, avec tous ces souvenirs qui reviennent. Je ne vais peut-être pas m'éterniser. [Escape]

Mode carte. Sainte-Foy-la-Grande, département 33.

C'est là qu'il a grandi, je le sais. Il m'avait même décrit la ferme de son enfance. Deux bâtiments en pierre réunis par un hangar, formant une sorte de « L ». Elle existe encore, cette ferme, c'est un cousin qui l'exploite maintenant. En revanche, je n'ai aucune idée de l'adresse. Mais ça ne doit pas être bien grand comme patelin. Je zoome. Ah oui, tout de même. Bah, je peux tenter un petit tour du centre-ville, on verra bien.

Personne. Personne, nulle part. Pire que Villemomble. Tant pis, je repasserai. Pour son anniversaire, tiens. C'est dans trois semaines.

Je ne vais pas abandonner. Il suffit d'une seule fois, d'un coup de chance.

Comme pour Alice.

[Quit]

# 15

Il en a été de la marche blanche comme de ces noces trop répétées, presque jouées d'avance, dont rien de sincère ne parvient à émaner. L'ambiance n'était pas froide pour autant, disons que ça sentait le réchauffé à défaut d'être authentiquement chaleureux. Une honnête représentation, sans plus. De retrouvailles factices en effusions exagérées, les familles s'étaient à l'évidence concertées pour communiquer une émotion ostentatoire et bon marché, sous l'œil attendri de leur cohorte d'avocats et de quelques soutiens politiques que je qualifierais poliment d'opportunistes. Les choses avaient pourtant bien commencé. Dès le départ, une joyeuse cohue s'était mise en place. Ça se tapait dans le dos pour se donner du courage. On embrassait la même tête deux fois, on en oubliait une autre. Des slogans retentissaient. C'est l'arrivée des premiers journalistes qui est venue rappeler à ces braves gens qu'ils participaient, avant tout, à un spectacle. Chacun cherchait alors à se placer devant les caméras, ou à brandir sa pancarte un peu plus haut que tout le monde, afin de s'assurer de passer à l'antenne. On en venait bientôt à crier trop fort ou à surjouer la colère. Parfois même, on pleurait faux. Et moi, au milieu, moi qui manquais d'air parmi la foule, qu'est-ce que je fichais là ? Pourquoi avais-je finalement accepté d'accompagner Mina ? Je me le demande encore. Sur le moment, il m'a semblé que je le devais à Alice, qu'elle me reprocherait peut-être, un soir prochain sur Omniverse, de ne pas y être allé... Je portais un tee-shirt blanc, comme les autres. Je m'étais même rasé de près pour l'occasion. Si j'en parle c'est que d'ordinaire, ça ne m'arrive qu'une fois par mois ce genre de chose, je veux dire de me raser, soit un rythme largement suffisant pour éliminer ce qui ressemble davantage à un duvet d'adolescent qu'à une barbe naissante. Tout l'inverse du Patron, pour lequel une tonte quotidienne s'avérait indispensable. Un vrai ours, mon père. Sur ce point au moins, je suis ravi de ne pas lui ressembler. Je n'en fais pas un sujet mais ma pilosité d'oisillon ne m'a jamais dérangé, au contraire. Je considère même qu'il s'agit d'un avantage dès lors que, comme moi, on a la peau sensible. Mais je m'égare, une nouvelle fois.

Ça partait plutôt bien, je l'ai dit, malgré quelques effets de posture et un brin de comédie provoqués par la présence des médias. Et puis, il a plu. Pas beaucoup, mais juste assez pour noircir le bitume et dissiper l'excitation ambiante. Le cortège s'est alors ébranlé, un peu à la hâte, suivant tout de même l'itinéraire prévu, entre le Jardin du Luxembourg et la place d'Alésia, en longeant au passage le cimetière du Montparnasse. Les familles marchaient en tête autour de Solange et François, derrière lesquels je m'étais sagement rangé, aux côtés de Mina et des meilleures amies d'Alice. Enfin, à l'exception de Raphaëlle. Elle m'avait envoyé un message, un peu plus tôt, pour s'excuser de son absence, elle disait avoir un rendez-vous administratif à honorer et diverses formalités à accomplir dans le cadre de son déménagement. Je n'avais pas répondu. Tandis que l'ondée se dissipait, les rangs se desserraient peu à peu, le défilé s'éparpillait par petits groupes. À mi-parcours, il ne restait plus grand monde. La majeure partie des journalistes était partie depuis longtemps et Rochambeau lui-même avait pris soin de s'éclipser en taxi.

Arrivés place d'Alésia, les derniers courageux, peut-être une centaine de personnes, s'étaient rassemblés autour des familles. Certains soutiens, principalement des élus, usaient du mégaphone pour attirer l'attention des passants en espérant être reconnus. D'autres disposaient les banderoles et les portraits des victimes sur les grilles de l'église Saint-Pierre-de-Montrouge. On relançait les slogans. Tout se déroulait selon le programme établi, sans fausse note mais sans illusion. Alors que je patientais sur le parvis, François m'a pris par le bras afin de m'attirer à l'écart du groupe. Son attitude à mon égard a changé depuis quelque temps, je me dois de le reconnaître. Je n'emploierais pas le mot de complicité, mais il me semble qu'il m'accorde une certaine confiance et qu'en retour j'essaie de lui témoigner une attention particulière. Quand il s'est approché pour me parler à l'oreille, j'ai senti la pression paternelle de sa main sur mon épaule.

– Je suis heureux que tu te sois joint à nous finalement. Et je te prie de m'excuser pour l'autre soir, tu sais, quand tu es passé me rendre visite à l'atelier. Tu as dû me trouver vieux jeu, insultant et grossier, et j'en suis désolé. Je ne pensais pas forcément ce que j'ai dit, au sujet des jeunes de ton âge, on ne peut pas généraliser. En tout cas, je ne souhaitais pas t'offenser.

– Ne vous excusez pas, je ne me suis pas senti visé.

– Merci Guillaume, merci de ta compréhension. Et merci encore d'être venu ce matin. Regarde un peu ce monde. Dommage qu'il se soit mis à pleuvoir mais c'est tout de même impressionnant, tu ne trouves pas ?

– Si vous le dites.

– Allons, allons... Tu ne me feras pas croire que ce soutien populaire te laisse indifférent. Cette foule joyeuse et vêtue de blanc, ces photos d'Alice partout. C'est la démonstration que nous ne sommes pas seuls, Guillaume.

– En apparence, oui. Pardon pour ma franchise, mais si je suis ici ce matin, c'est pour vous soutenir, Solange et vous. Et pour Alice aussi, évidemment. Mais je n'ai pas changé d'avis sur cette marche blanche, ou sur le procès. Je persiste à penser que tout cela ne sert à rien.

– Eh bien moi, je considère que tu te trompes. Tu sais, sans aller jusqu'à dire que ma fille est morte en martyr, je ne crois pas qu'elle soit partie pour rien. Je n'arrive pas à le concevoir. Tout se produit pour une raison, selon moi, même si celle-ci nous échappe le plus souvent. Maritain explique cela très bien dans le bouquin que je t'ai prêté l'autre jour. Tu l'as lu, au fait ?

– Euh oui, enfin presque. Une bonne moitié, je dirais.

Pourquoi ce mensonge ? Qu'est-ce qui me pousse à ménager ce petit bonhomme grisonnant, à m'efforcer autant que possible de ne pas le décevoir ? Après tout, il n'est guère plus qu'un étranger pour moi. Un semi-retraité, très croyant et plutôt austère, avec lequel je n'ai aucun lien de parenté. Rien ne m'oblige à lui être agréable, ni même à continuer de le fréquenter. Non, vraiment, je ne m'explique pas cette faiblesse.

– Eh bien, la moitié c'est suffisant. Tu as pu en saisir l'essentiel. Tu peux comprendre ce qu'il veut nous dire lorsqu'il écrit que, si nous sommes tous libres de faire le mal, ce n'est que dans une certaine mesure. Que Dieu ne le permet que dans le contexte d'un bien plus grand, dans le cadre d'un plan divin qui nous est inaccessible. Car c'est bien de cela dont il est question aujourd'hui... De concevoir que la disparition d'un proche, aussi tragique, douloureuse et injuste soit-elle, puisse servir une cause plus grande que nous. Tu le comprends, n'est-ce pas ?

– Je crois que j'ai capté le message, oui.

— C'est un sujet qu'il a davantage approfondi dans *Dieu et la permission du mal*. Si cela t'intéresse, je peux te le prêter celui-là aussi. Je dois l'avoir rangé quelque part à l'atelier, ou peut-être dans la bibliothèque du salon, il faudrait que je vérifie en rentrant.

— Ne vous donnez pas cette peine, François. Je vous ai bien entendu. Vous tenez à vous convaincre qu'Alice n'est pas morte en vain. Très bien, c'est votre droit. Mais en ce qui me concerne, je n'ai pas changé d'avis. Je ne souhaite pas participer à votre croisade contre le mal, le Diable, enfin Lucifer ou je-ne-sais-qui. Comme je vous l'ai dit l'autre jour, je veux simplement qu'on me fiche la paix.

— Soit. Tu réagis comme ça maintenant, mais je suis certain que tu changeras d'avis. Tu verras, le temps fera son œuvre. Un jour, tu comprendras que ton destin est lié à celui de tes semblables, ici-bas comme dans l'au-delà. Que nous sommes tous responsables les uns des autres, de nos aïeux autant que de nos enfants... Car tu ne vivras pas seul toute ta vie, tu sais.

— Je ne vis pas seul, je vis avec ma mère.

— Si tu veux, oui... Enfin, je me comprends. Tu connais le Livre de Job, j'imagine ?

— Un peu. Il me semble bien que je l'ai lu, mais il y a très longtemps. Plutôt intéressant, de mémoire. Assez motivant pour les jeunes qui souhaitent lancer leur propre business. Je me souviens qu'il expliquait comment le succès d'Apple s'était fait attendre, et à quel point il avait dû se battre pendant des années pour imposer sa vision.

Il a remué la tête tout en agitant sa main devant son visage, comme pour chasser un insecte.

— Non, non, non. C'est un malentendu, Guillaume ! Tu ne comprends pas... Je ne te parle pas de Steve Jobs, je te parle de Job, le personnage de la Bible ou plus exactement de l'Ancien Testament.

— Ah. Eh bien non, désolé, je n'en ai jamais entendu parler. Mais je n'y connais rien, vous savez. Je ne suis même pas baptisé.

— Ce n'est pas grave, tu vas comprendre. Ce texte raconte l'histoire d'un homme bon qui, du jour au lendemain et sans aucune raison, perd tout. Ses enfants et ses biens. Cet homme, le dénommé Job, croit alors justifié d'en faire le reproche à Dieu, de le blâmer pour ne pas lui avoir épargné ce malheur. Il le prend à partie, d'une certaine façon. Et en guise de réponse, Dieu lui permet de juger par lui-même, l'espace d'un instant, de l'infinie complexité du monde. Submergé par ce qu'il entrevoit à peine, Job réalise alors qu'il ne peut en vouloir à Dieu, dont il est incapable d'estimer la grandeur de la tâche et de saisir les desseins.

Sa figure venait de s'illuminer, du rouge lui montait aux joues. Il me regardait avec les yeux de quelqu'un qui saurait des choses indicibles et chercherait en vain à se faire comprendre. Ma chienne Gamelle a ce regard-là.

– Je ne vois pas très bien ce que vous voulez me dire, mais admettons.

– L'idée générale c'est que Dieu permet le mal car c'est là le prix de notre liberté. S'Il nous voulait tous bons, nous ne serions que ses instruments. Je vois que tu n'as pas l'air de comprendre alors je vais m'exprimer autrement : si tu te trouves ici, parmi nous, tandis qu'Alice n'y est plus, il ne s'agit pas nécessairement de la volonté de Dieu. Mais s'Il a laissé ce drame s'accomplir, c'est pour une raison. Je ne sais pas laquelle, mais je m'en remets totalement à Lui. Et en ce qui te concerne, en tant que seul survivant de ce crime atroce, de cet acte odieux, ton destin sera peut-être de témoigner, le moment venu, ou de pardonner, ou de combattre, je l'ignore. En revanche, je suis convaincu que tu es appelé à servir ses plans. Je le ressens, intimement.

Sur le moment, je ne trouvais rien de mesuré à répondre, alors je me suis tu. Mais comme il persistait à m'interroger du regard, il a bien fallu que je vide mon sac.

– Écoutez François, puisque mon sort vous intéresse tant, je vais vous dire exactement ce que je pense. J'estime qu'il n'y a pas plus de bien que de mal, ou même de volonté divine. Les gens ne sont ni bons ni mauvais, ils sont de passage. Rien d'autre. On est tous de passage. Des particules, ici et là, projetées dans le chaos. Nos existences sont aussi aléatoires qu'insignifiantes, nos accomplissements anecdotiques, voilà ce que je pense. Tous ici, vous voulez que je témoigne, encore et encore, sans cesse, pour que de telles horreurs ne se reproduisent plus. Pour l'exemple, pour la France, pour l'avenir. Mais vous n'avez qu'à le faire à ma place ! Moi, je sais bien que ça ne sert à rien et puis je me fiche de demain autant que d'hier, c'est tout dire. Vous, comme les autres, n'avez aucune raison et aucun droit de croire en moi. Encore moins de m'imposer un destin ou une quelconque responsabilité sur ce qui pourrait advenir. Vous savez François, je n'ai jamais eu une conception morale de la vie. J'ai toujours fait ce que je voulais. Et pas plus maintenant qu'auparavant je ne me sens tenu de me justifier, et encore moins de me laisser dicter mes actes. Par quiconque.

J'ai senti que je l'avais désarçonné. Des paroles spontanées ont cherché à sortir de sa bouche mais il les a retenues, au dernier moment, d'un pincement de lèvres. Puis, il a relâché mon bras et s'est éloigné d'un bon mètre. Sa nuque s'était raidie et il avait désormais quelque chose de différent, d'un peu lointain, dans le regard. On aurait dit qu'il cherchait vainement à adopter une contenance, sa mâchoire remuait sans cesse et il ne savait que faire de ses mains. En jetant un coup d'œil par-dessus son épaule, je me suis aperçu que Mina s'était assise sur les marches de l'église. Débraillée, les cheveux hirsutes, elle serrait son sac à main contre sa poitrine. Il était temps de rentrer.

– Ma mère est fatiguée, il faut que je la raccompagne. Au revoir, François.

— À bientôt, Guillaume. Merci encore d'avoir participé à cette marche, et merci pour Alice. Même si je sais que je t'ennuie avec mes raisonnements, n'hésite pas à passer me voir à l'atelier, dès que le cœur t'en dit. Tu seras toujours le bienvenu.

J'ai répondu d'un timide hochement de tête qui pouvait tout signifier. Décidément, on n'arrivait pas à se comprendre, lui et moi. Et encore, je m'étais abstenu d'évoquer la survivance de l'esprit de sa fille dans le métavers, déjà qu'il rechignait à prendre mes opinions au sérieux. Il a rejoint Solange et je suis allé voir Mina qu'un soleil hésitant peinait à réchauffer. Il était bientôt midi et un bon quart d'heure de marche nous attendait. Qu'est-ce qu'il avait dit, déjà ? « *Tu dois servir ses plans* », un truc comme ça. Je n'en revenais pas. Au moment de partir, je l'ai cherché du regard, une dernière fois, mais il m'avait tourné le dos.

Le soir même, pour ma troisième audition en tant que témoin, la première au commissariat, on m'a soupçonné d'avoir fait semblant. Ce ne sont pas les mots qu'ils ont employés mais je sentais bien que, dans leur idée, j'avais fait le mort. Je n'avais jamais ressenti une telle défiance de la part des enquêteurs. Est-ce qu'ils avaient été heurtés par certaines revendications émises quelques heures plus tôt, durant la marche blanche ? Leur avait-on demandé de faire preuve de davantage de fermeté ?

Comment savoir. Ils étaient quatre en face de moi, dont un nouveau que je ne connaissais pas ; ça se passait dans une grande salle blanche sans fenêtre qui sentait le plâtre frais. Encore une fois, ils m'ont reproché mon amnésie partielle, enfin pas directement bien sûr, plutôt dans leurs attitudes et leurs insinuations Et encore une fois, j'ai dû me défendre. Leur répéter que, lorsque les tirs ont retenti, je suis tombé pour de bon. Raide mort. Et que je le suis encore, d'une certaine manière. Mon corps est toujours au sol, je leur ai dit, la tête dans le sang. C'est un fantôme qui vous parle. Ou plutôt un mort-vivant. Je n'en rajoutais pas, les mots venaient d'eux-mêmes sans que j'aie besoin de penser. À ce moment-là, Mina, qui m'accompagnait, s'est mise à pleurer et une policière a dû la prendre par le bras et l'emmener prendre l'air. J'ai poursuivi l'entretien seul, en anticipant leurs questions, toujours les mêmes et dans le même ordre. Non, je n'avais jamais vu l'assaillant. Non, je n'avais rien entendu avant les tirs. Oui, je maintenais mes premières déclarations. Il me tardait d'en finir, comme chaque fois, mais je m'efforçais tout de même de les convaincre, de leur démontrer le caractère inconscient de mon évanouissement lors de l'attaque. J'ai même essayé de leur expliquer le phénomène de thanatose, en reprenant précisément les mots de Paul. J'ai parlé de l'héritage génétique des espèces et du cas de l'opossum ; un peu en vrac, mais ça se tenait. Ils m'ont regardé comme si j'étais fou puis ils se sont contentés d'enregistrer mes propos, tout en faisant mine de me comprendre. Au bout d'une heure et demie, ils nous ont enfin laissés partir.

Dehors, il avait recommencé de pleuvoir, plus fort que dans la matinée. J'ai pris le bras de Mina pour l'aider à marcher et éviter qu'elle ne glisse sur les passages pavés. Son corps était encore plus courbé que d'habitude, on aurait dit qu'elle avait perdu dix centimètres depuis le matin. Cette journée l'avait éprouvée au-delà de ce que j'imaginais. De nouvelles rides marquaient son visage et elle avait le nez tuméfié à force de se moucher. Il m'a semblé voir une petite vieille. Tandis qu'on descendait la rue, la pluie ruisselait sur la capuche de sa doudoune. J'ai serré sa main, elle était gelée.

***

Cette fois, je me suis préparé pour notre promenade. Mon avatar devrait lui plaire. En tout cas, il me paraît très élégant. Étant donné que je n'y connais rien en matière de mode, j'ai pris soin de copier le plus fidèlement possible un look qui s'affichait comme « casual et stylé » en couverture d'un magazine masculin. J'ai soigné la coiffure aussi. Je me suis souvenu qu'elle aimait bien quand j'avais les cheveux un peu plus longs, juste au-dessus des épaules.

Il est 23 h 51, la voilà qui arrive. Je m'avance.

<slashg0rd0n> salut
<calisson2803> hello
<calisson2803> t stylé comme ça jm bien
<slashg0rd0n> merci
<slashg0rd0n> et dsl pour la dernière fois
<calisson2803> pourquoi ?
<slashg0rd0n> pour avoir tenté de te piéger sur le jour de notre rencontre
<slashg0rd0n> c'était con de faire ça, je m'excuse
<slashg0rd0n> mais je sais que c'est vraiment toi qui me parle maintenant
<calisson2803> ok viens

Merde, elle a accéléré d'un seul coup. Il ne faut pas que je la perde ! Pourquoi elle tourne à gauche, là ? Je ne vois pas du tout où elle veut m'emmener, Montsouris c'est à l'opposé.

Bon, je la suis. Pas le choix.

Rue du Lunain, rue d'Alésia... On remonte vers l'église, là. Avenue du Général Leclerc, à gauche encore, mais qu'est-ce que...

Ah OK, je comprends. J'aurais dû me douter qu'elle me traînerait ici.

<calisson2803> tu te souviens ?
<slashg0rd0n> bien sûr
<calisson2803> de tout ?

<slashg0rd0n> oui, enfin presque... mais je croyais que tu voulais te balader à montsouris ?
<calisson2803> g changé d'avis
<slashg0rd0n> ok
<calisson2803> pourquoi t'as rien fait quand il est entré ?
<calisson2803> pourquoi tu m'as pas protégée ?
<slashg0rd0n> je l'ai pas vu entrer
<slashg0rd0n> c'est allé trop vite, j'ai rien pu faire
<calisson2803> si tu pouvais
<calisson2803> mais tu t'es couché par terre
<calisson2803> t'as fait le mort c tout
<slashg0rd0n> non c'est différent
<slashg0rd0n> je suis tombé direct dans une sorte de coma
<slashg0rd0n> je me suis évanoui si tu veux
<calisson2803> si t'etais un homme tu serais mort a ma place
<slashg0rd0n> j'aurais bien voulu
<calisson2803> si tu le dis...
<slashg0rd0n> les flics l'ont arrêté tu sais
<calisson2803> je m'en fous
<calisson2803> ils peuvent le relacher si ils veulent je m'en fous
<calisson2803> moi je sais juste que je peux pas revenir
<calisson2803> et g pas mérité ça
<slashg0rd0n> je sais, c'est injuste
<slashg0rd0n> j'aurais voulu rester avec toi, je te promets
<slashg0rd0n> je voulais y passer moi aussi
<slashg0rd0n> passer de l'autre côté, dans ton monde
<slashg0rd0n> on serait encore ensemble

Qu'est-ce qui m'arrive tout d'un coup ? Je ressens comme des piqûres derrière les yeux... Un voile blanc me couvre la vue et un genre d'acouphène hyperaigu me brise les tympans, au point que je dois enlever mon casque... Aïe ! La douleur est vraiment terrible, là. Faut que je coupe.

< slashg0rd0n> dsl je suis pas bien, je dois partir
< slashg0rd0n> t la demain ?
< calisson2803> oui, bien sûr
<slashg0rd0n> ok a demain alors
[Quit]

Tiens. Ça y est, c'est déjà terminé, je n'ai plus mal. Ah ben, ça... Je n'aurais pas dû couper finalement, c'est passé comme c'est venu.

Quel idiot. Pour une fois qu'on arrivait à se parler.

*Troisième partie*

## 16

Le soleil était déjà levé quand je suis sorti, mais il ne surplombait pas encore les toits de sorte que ses rayons, ne se posant sur rien, donnaient au ciel bleu un aspect scintillant. Il faisait bon dehors, presque frais. La rue s'éveillait dans le calme, on entendait même des oiseaux se chamailler. C'était l'aube d'une radieuse journée, et un réel enchantement pour le piéton que je persiste à demeurer. Car si je n'ai jamais passé le permis de conduire, et si je fuis le métro parisien et les transports en commun en général, ce n'est pas parce que cette ville me fait peur, ou même par simple misanthropie. Enfin, pas seulement. Il se trouve aussi que j'aime marcher et que les mobilités douces, pour peu qu'on s'habitue à une assistance électrique, n'encouragent pas tellement à se dégourdir les jambes.

J'étais debout depuis sept heures du matin ce qui ne m'arrive jamais. Je ne sais pas ce qui m'a pris exactement, j'ai ressenti comme une urgence en me réveillant. Impossible de rester couché. Mon état de santé me préoccupe beaucoup en ce moment, c'est peu de le dire. J'ai l'impression que tout se dégrade. D'un point de vue esthétique, je me dois de constater l'évidence : je n'ai plus de bras, mes abdos ont disparu, mon visage s'est arrondi. Rien de surprenant en soi, ça fait plusieurs semaines que je ne me suis pas rendu à la salle de sport. Et je l'assume. Je pourrais mettre ça sur le compte de mes migraines, ou de la crainte de faire un malaise en public, mais ce ne serait qu'en partie vrai. Soyons honnêtes, il s'agit avant tout d'une perte de motivation. Mon aspect physique, sans m'indifférer totalement, ne présente plus la même importance désormais. Je mise davantage sur mon avatar dans le métavers que sur mon profil Twitch. Peu importe, je ne publie plus rien, ces derniers temps, sur les réseaux. Donc oui, le regard des autres compte moins, par conséquent je m'oublie un peu, mais pas de quoi s'alarmer. Ce qui m'ennuie surtout, dans le fait de déserter le Top Shape, c'est de ne plus avoir de nouvelles de Meryem. D'autant que son compte Instagram, et même son TikTok, s'avèrent étrangement muets depuis une bonne semaine, et j'avoue que ça m'inquiète un peu. Je pourrais lui écrire un petit mot, en privé ou dans un commentaire sur son dernier post, mais je crains de paraître trop entreprenant. J'espère simplement qu'elle ne va pas me lâcher, elle aussi, comme Raphaëlle. Bref, où en étais-je ? Oui, je me suis levé tôt, je le disais, mais pas pour me rendre à la salle de sport. En réalité, c'est plutôt mon cerveau qui me travaille. Il me fait mal durant la journée et refuse de se reposer la nuit.

De fait, si j'ai décidé de me présenter ce matin au service du Dr Hamadi, au risque de me perdre dans les dédales du pôle Neuro de Sainte-Anne, ce n'était pas dans le but de la revoir, ou même parce qu'elle était bien notée sur Google. C'était simplement qu'il s'agissait, à mon sens, du moyen le plus rapide d'obtenir un traitement pour ces fichues migraines. Elle se souviendrait de moi, ça ne faisait aucun doute. Les gens ne m'oublient pas en général, les femmes surtout. Je me figurais qu'elle me recevrait en priorité, que je n'aurais pas à attendre au milieu des bipolaires et des demi-fous dont elle a la charge. J'imaginais aussi qu'elle tenterait de me poser un tas de questions, car c'est bien son genre, mais il me suffirait alors de ne pas répondre. Elle insisterait un peu, mais je lui expliquerais que je ne cherche rien d'autre qu'un remède à ces maux de tête répétés et autres malaises devenus trop fréquents. Et hop, ni une ni deux, je finirais par repartir avec une ordonnance. Enfin, il me semblait que ce serait la moindre des choses. C'est simple, j'attendais d'elle qu'elle me soigne car c'était son métier après tout. Puisqu'elle avait tant insisté sur son statut de médecin, j'allais simplement la considérer comme telle.

Mais dans la vie, la mienne surtout, rien ne se déroule jamais comme prévu. C'est ainsi que je suis tombé sur le Dr Hamadi, ou plutôt qu'elle m'est tombée dessus, au détour d'un couloir, et tout à fait par hasard, alors que je me dirigeais vers le bureau d'accueil. S'il lui a fallu quelques secondes pour me reconnaître, elle n'a pas paru surprise non plus de me trouver là, et son visage esquissait même une forme de satisfaction au moment de me demander, à mi-voix, si nous avions rendez-vous. J'ai répliqué que non, qu'il s'agissait d'une urgence et que je ne connaissais, en toute franchise, personne d'autre à qui m'adresser. Enfin, le genre de discours un peu suppliant auquel un médecin consciencieux ne peut rester insensible. Elle m'a alors installé dans un bureau anonyme, exigu et parfaitement blanc, qui se cachait au fond de ce même couloir, et elle m'a demandé de l'attendre. Quand elle est revenue, à peine deux minutes plus tard, son sourire n'était plus le même et ça m'a dérangé. Comment dire... J'ai eu le sentiment qu'elle ne prenait pas notre entretien au sérieux. Elle avait ouvert sa blouse et retroussé ses manches, mais pas dans une démarche inconsciente de séduction, non. C'était plutôt comme si elle comptait se débarrasser d'une contrainte imprévue afin de reprendre au plus vite le cours normal de sa journée.

— Bon. Comment allez-vous, M. Labarthe ? Sachez que je suis ravie de vous revoir ici.

À ce moment-là, il me semble que j'ai rougi, assez bêtement. Pourtant je m'étais préparé mais on ne se trouvait que tous les deux dans cette pièce minuscule, assis l'un en face de l'autre, à seulement un mètre de distance. Je ne savais pas comment me tenir sur ma chaise, du fait de cette proximité, alors j'ai fini par me reculer un peu. Elle attendait, imperturbable. Ses yeux noirs me transperçaient et, petit à petit, me faisaient perdre mes moyens. C'est ainsi que j'ai baissé mon regard, pour éviter de croiser le sien, et que j'ai commencé par lui raconter ce qui s'était passé au Flore avec Raphaëlle. J'évoquai en détail mon état semi-nauséeux permanent ainsi que mes fréquents maux de tête et mon malaise de l'autre jour, au saut du lit. Pour anticiper ses questions et par souci d'exhaustivité, j'ai cru utile d'ajouter que je dormais peu, et de moins en moins ces derniers temps. Que je passais mes nuits dans le métavers, le plus souvent équipé d'un casque de réalité virtuelle. Une confession en entraînant une autre, je me suis surpris à tout balancer, comme ça, à voix haute et sans retenue. Même mes rendez-vous nocturnes avec Alice, tout y est passé. Quand j'ai levé les yeux, elle était enfoncée dans son fauteuil, au point de sembler vouloir y disparaître. Les mains jointes sous le menton, elle me considérait froidement. Comme je n'avais plus rien à dire, j'ai conclu par un timide « *voilà* » qui se voulait définitif tout en sollicitant l'indulgence. Elle s'est arrangé les cheveux d'un geste brusque, les rejetant à deux mains derrière ses épaules. Puis, l'air maussade, elle s'est mise à me parler d'une voix éraillée, irritée, comme passée au papier de verre. C'était sans doute l'effet d'une fatigue saisonnière, je me suis dit, sûrement aggravée par la fréquentation d'un public à l'hygiène douteuse. En tout cas, je trouvais que ça lui conférait un certain mystère, voire une forme masculine d'autorité, qui n'ôtait rien à son charme.

– Je ne suis pas surprise. Les troubles que vous évoquez me semblent, en effet, directement liés à la situation traumatique que vous traversez. Ils me paraissent tout à fait symptomatiques de son cheminement évolutif.

– Ah. Et qu'est-ce que ça veut dire ?

– Cela signifie que votre structure mentale se modifie pour affronter le choc que vous avez vécu. Et comme tout bouleversement majeur, une telle transformation ne peut pas se dérouler sans provoquer une succession de crises.

– Je vois. Vous voulez parler des cinq phases du deuil, c'est ça ? Ou bien les sept, je ne sais plus. Ma mère me répète sans arrêt que je suis dans le déni, mais que ça va passer. Elle dit que je vais bientôt me mettre en colère. Le problème c'est que je ne nie rien, moi. Au contraire. Il me semble que je suis parfaitement lucide.

– Tout d'abord, ces phases de deuil, dont vous parlez, font partie du modèle de Kübler-Ross dont on ne peut pas dire qu'il soit totalement fiable. Ensuite, chaque cas est différent. Votre structure psychique est telle qu'elle est incapable de traiter émotionnellement les événements que vous avez vécus. Cela va au-delà du processus de deuil, si vous préférez, et en cela vous avez raison, vous n'êtes pas dans le déni. Je dirais plutôt que vous êtes dans le refus.

Le voyant du bloc de climatisation, situé juste au-dessus de la fenêtre, s'est mis à clignoter et un souffle d'air tiède est venu fouetter mon visage. Les yeux me piquaient mais je ne les ai pas frottés. Ce n'aurait pas été malin de ma part étant donné que je venais de toucher une poignée de porte probablement souillée de toutes sortes de germes déposés par les patients précédents. Mais j'ai cligné plusieurs fois des paupières, tout de même, car j'y voyais un peu flou.

— Pardon, je ne suis pas certain de comprendre.

— Eh bien, il semblerait que, dans le but de se préserver, votre psychisme refuse de traiter ce qui vous est arrivé. Il ne nie pas les événements, si vous voulez, mais il les repousse en leur fabriquant une autre réalité. Ce faisant, il refuse d'être une victime, il refuse le traumatisme et rejette la culpabilité, ce qui peut fort bien vous convenir. Mais, dans le même temps, il refuse aussi le deuil, la responsabilité et, en fin de compte, il refuse la mort, et sur cet aspect, c'est plus embêtant. En réalité, il s'agit d'une question de survie pour lui : il n'a pas la faculté de s'adapter, alors il se ment. On retrouve cela dans le comportement de l'enfant tout-puissant. Le recours au Moi absolu comme posture défensive, l'objection de se soumettre au réel et à l'ordre naturel des choses. Ce n'est pas commun chez l'adulte, en règle générale, mais il s'agit d'un phénomène que l'on observe parfois chez certains paranoïaques narcissiques dont la structure psychotique se trouve menacée par le stress post-traumatique.

Beaucoup de mots pour ne rien dire, ou si peu. Au passage, je remarque qu'elle ne revient pas sur mes expériences dans le métavers, je me demande si elle a bien compris qu'il ne s'agissait pas d'hallucinations. Elle ne parle pas non plus de l'attaque ou de l'assaillant, et ne prononce jamais le prénom d'Alice. Elle use parfois de périphrases pour les désigner mais c'est tout. Rien à voir avec les auditions de la police, par exemple. Ni avec les autres, ceux à qui je me suis confié. En fait, j'ai l'impression que le sujet ne l'intéresse pas.

— Pour en revenir aux symptômes que vous m'avez décrits, il s'agit simplement de fatigue. Rien d'étonnant. Votre cerveau a beaucoup de mal à se fabriquer un monde dans lequel il ne se sent pas mis en danger. Il doit pour cela user d'artifices complexes, ce qui lui demande énormément d'efforts. C'est ce qui explique vos migraines persistantes et cette sensation récurrente de vertige.

— Et sur ce point-là, justement. Ces malaises... Il n'y a rien à faire pour que ça passe ?

Elle prend le temps de la réflexion et commence par répondre à côté. Comme quoi elle a tenté plusieurs fois de m'avertir, que l'attente n'a fait qu'empirer les choses, ce genre d'arguments. Bref, je sens bien que ma question l'embarrasse. C'est toujours pareil avec les médecins, ils ne savent pas s'exprimer avec des mots simples, mettre une solution en face d'un problème. Tandis qu'elle baragouine, je ne bronche pas. Depuis le début, je n'ai pas bougé de ma chaise. Toujours le dos rond, les bras croisés, le regard sur mes chaussures. Je n'ose pas lui faire face franchement alors je lui jette des coups d'œil furtifs. Vu de l'extérieur, on jurerait sans doute que je suis un enfant et qu'elle me fait la leçon, enfin j'imagine que c'est l'impression que ça donne. En réalité, je suis mal à l'aise. Comme rien n'est énoncé clairement, je ne sais pas quoi penser. Tantôt elle prend des précautions oratoires pour évoquer mon état et passer sur mes insomnies et mes expériences dans le métavers, tantôt elle me noie sous des concepts savants et cite des noms d'experts qui ne m'évoquent rien. Pourquoi ces discours alambiqués alors que je voudrais simplement qu'elle me soigne ? Qu'est-ce qui l'empêche de s'occuper de moi ? Pendant qu'elle parle, j'écoute ce qu'elle ne me dit pas.

— Des patients comme vous, j'en ai déjà reçu des dizaines ici, vous savez. D'un point de vue purement médical, ce qui vous arrive tend malheureusement à se développer, en particulier dans les zones urbaines. Écoutez, vous venez de m'exposer votre situation en détail et, même si je manque un peu de recul, je dirais que le diagnostic n'est pas difficile à poser.

Je sens bien qu'elle s'agace, son visage s'est tout à fait refermé et elle jette des regards obliques en direction de la porte. Elle cherche à en finir, c'est certain, mais au moins on avance.

— Selon moi, vous souffrez d'une forme aiguë de stress post-traumatique qui, exercée sur une personnalité narcissique et paranoïaque comme la vôtre, aboutit à une certaine insensibilité. Laquelle, en définitive, correspond moins à une forme d'anosognosie, ou de déni si vous préférez, qu'à un refus du réel. En deux mots, il s'agit d'un simple mécanisme de défense, comme je vous l'ai expliqué en préambule. Pour éviter un long et douloureux processus de remise en question, votre cerveau s'acharne à voir le monde comme il n'est pas. Mais ce n'est pas irrémédiable, je vous le répète. Il existe des traitements de fond et des thérapies qui fonctionnent. Faites-moi confiance, monsieur Labarthe. Votre cas n'a rien d'exceptionnel, quoi que vous pensiez.

— Je ne pense rien, docteur. Ou plutôt, si : je pensais que vous pourriez m'aider à aller mieux. Ne serait-ce que pour mes vertiges et ces foutues migraines. Je pensais que vous me prescririez un truc, je ne sais pas moi, des cachets par exemple, à prendre le soir après le repas.

— Si vous le souhaitez, je peux vous rédiger une ordonnance pour trois boîtes de Doliprane, mais il me semble que votre médecin traitant saura très bien s'en charger, et surtout cela ne résoudra rien sur le fond. Je pense vous l'avoir répété plusieurs fois depuis que nous nous sommes rencontrés le premier jour à l'hôpital : votre situation est sérieuse, elle nécessite une prise en charge thérapeutique globale et un suivi sur le long terme. Je ne sais pas faire de miracle, monsieur Labarthe. Et je ne prescris pas non plus de psychotropes pour faire plaisir à mes patients.

Sans un engagement durable de votre part, nous n'arriverons à rien.

J'ai bien essayé de lui expliquer mes réticences. Que mon principal souci, dans toute cette histoire, c'était de me sentir diminué, de manquer de sommeil et, en fin de compte, de ne plus rêver de mon père. De simples troubles d'ordre physiologique, me semblait-il, enfin rien de très lourd. Il ne me paraissait pas nécessaire de m'infliger des années de psychothérapie pour remédier à ça. J'avais un peu étudié la question, du reste. La pharmacopée regorgeant de produits adaptés, on pouvait parfaitement tester différentes combinaisons, et différents dosages, en commençant doucement. À mon sens, ça ne présentait pas de risque majeur pour ma santé. Quant au coût de ces traitements, ce n'était pas du tout un obstacle, j'avais de l'argent. Beaucoup d'argent, même.

Elle m'a écouté sans dire un mot, sans placer la moindre question au milieu de mes silences, puis elle a mis fin à la consultation en me tendant une main molle et dédaigneuse. Voilà, c'était terminé, on me désignait la sortie. Rarement, je ne me suis senti aussi abandonné et humilié qu'à cet instant. Aussi seul. J'ai eu l'impression qu'elle venait de me rejeter, à son tour, comme on écarte du pied un rat mort, avec une forme blanche de mépris qui confine au dégoût. Elle n'avait rien entendu, rien compris. Tant pis pour elle. Cette fois c'était certain, je ne la reverrais plus.

# 17

Ça m'est égal de ne pouvoir compter sur personne, je sais me débrouiller seul. De retour de l'hôpital, je me suis confectionné ma propre ordonnance à partir de mes précédentes recherches et de certains termes qu'avait employés le docteur Hamadi durant notre discussion : psychose schizoïde, paranoïa narcissique, hyperactivation neurovégétative. J'ai tout balancé en vrac à ChatGPT et, en dix secondes, c'était réglé, j'avais obtenu mon traitement. Ensuite, on trouve tout ce qu'on veut sur les pharmacies en ligne, il suffit d'avoir un compte PayPal et de ne pas craindre de commander à l'étranger. Je n'ai pas encore reçu mes médicaments mais je me sens déjà mieux, c'est dire si c'est efficace. Sans plaisanter, ça démontre bien que je n'ai pas besoin des autres. Je l'ai dit, je sais que je vaux mieux qu'eux. Et puis surtout je connais la vérité. Des heures, hier encore, à tout regarder et tout lire. Les altermondes existent, j'en ai désormais la certitude. De plus en plus de scientifiques, comme ceux du Max Plank Institute for Physics, admettent que notre vie cérébrale perdure après la mort. Je n'invente rien. Roger Penrose, un mathématicien reconnu qui a reçu le prix Nobel, a même réussi à définir les liaisons entre les ondes cérébrales et les neurones, et comment elles leur subsistent. Certes, on ignore encore les trajectoires de ces ondes et leur pérennité, mais on y est presque. Toute matière est onde et toute onde est matière, comme l'a démontré Niels Bohr, c'est donc qu'il existe une vie matérielle dans laquelle ces ondes persistent. Une dimension dans laquelle elles se concrétisent, où elles résident au moins un certain temps. Peut-être l'une des onze dimensions de la théorie des cordes, ou peut-être autre chose, je ne sais pas, un arc qui serait accessible aux métavers en tout cas.

Au fil du temps, je me dis que ma place est davantage là-bas, avec Alice, plutôt qu'ici, avec les autres. Entre ceux qui me laissent tomber et ceux qui me considèrent en sauveur ou en héraut. Quoi que ceux-là aussi finiront par me lâcher, dès que tout ce cirque sera terminé et que l'affaire sera enterrée. Soyons lucides, plus l'instruction avance, moins la perspective d'un procès devient réaliste. Lorsqu'on me convoque au commissariat, comme l'autre jour, c'est uniquement dans le but de me faire répéter les mêmes choses en feignant de m'écouter. En réalité, il s'agit d'une manière obscène et maladroite de me donner des signes de considération, de m'inciter à penser que la machine judiciaire demeure mobilisée, mais rien de plus. Quel cynisme, quelle hypocrisie. En définitive, tout le monde joue son rôle, dans cette sinistre comédie, mais personne n'y croit vraiment. C'est presque surréaliste, ça me rappelle un bouquin qu'on m'avait fait lire au lycée, une histoire de procès qui n'en est pas un, et qui ne finit jamais. Seuls Mina, Solange et François persistent encore à espérer, à attendre je-ne-sais-quoi, peut-être un miracle de Rochambeau. C'est surprenant mais ils semblent lui conserver une confiance aveugle. Malgré le silence du Parquet, qui reste sourd à ses demandes de contre-expertise psychiatrique, et malgré, surtout, le demi-échec de sa marche blanche. Enfin, difficile toutefois de lui en faire le reproche : comment aurait-il pu deviner que ce jour-là, tandis qu'il nous faisait défiler sous la pluie, les médias n'auraient d'attention que pour l'annonce du divorce d'un héritier putatif de la couronne britannique ? Hasard malencontreux, sans doute, mais ainsi va le monde. Contre le sort qui s'acharne et une indifférence générale qui ne me paraît pas illégitime, Rochambeau fait ce qu'il peut. Quoi qu'il arrive, personne ne pourra lui retirer le mérite d'avoir tout essayé. Du reste, c'est lui qui a insisté pour que je vienne lui rendre visite, ce matin, dans son fastueux cabinet du boulevard Haussmann. Il m'a appelé hier, en numéro masqué. Il souhaitait avoir une conversation en tête-à-tête au sujet de « questions sensibles », le genre de celles que l'on ne peut évoquer au téléphone. De mon côté, je ne tenais pas particulièrement à me déplacer, mais je dois admettre qu'il a su se montrer convaincant. Disons qu'il a demandé à me voir comme on demande une faveur, en y mettant les formes et une légère insistance. Il a surtout su piquer ma curiosité lorsqu'il a évoqué la perspective de « tenter un coup de poker ».

Une fois n'est pas coutume, je suis arrivé en avance. Dans un premier temps, la secrétaire m'a fait patienter dans l'entrée avant de me conduire vers un bureau aveugle, à côté du sien, où se trouvaient des archives. On s'occuperait de moi dans quelques instants, enfin ce ne serait pas long, elle me le promettait. Alors je me suis assis sur la seule chaise qui n'était pas encombrée de classeurs ou de boîtes en carton, et j'ai attendu. Je n'étais pas particulièrement impatient ou anxieux, en fait je ne pensais à rien. Passé un certain moment, peut-être pas un quart d'heure mais un certain moment tout de même, un stagiaire à lunettes est entré, portant des dossiers sous le bras. Il a eu l'air surpris de me trouver là et m'a demandé si j'avais rendez-vous. Je lui ai répondu que non, pas vraiment, que maître Rochambeau m'avait fait venir ce matin en urgence, sans me donner d'explication, et que depuis que j'étais arrivé on m'avait installé ici. Il a paru gêné au point de ressortir aussitôt et de se prendre de bec, à mi-voix, avec la secrétaire. Deux minutes plus tard, c'était elle qui venait me chercher pour m'accompagner jusqu'au bureau de son patron, se confondant en excuses. Au premier regard, la pièce m'est apparue immense car, à l'exception du mobilier nécessaire, elle était quasiment vide. Me tournant le dos, Rochambeau se tenait debout, derrière son fauteuil. Il n'avait pas l'air de m'avoir entendu arriver et semblait observer quelque chose par la fenêtre. Celle-ci donnait côté rue et se situait juste au-dessus de l'escalier de la station de métro Saint-Augustin. Malgré d'épais vitrages, on percevait nettement le grondement de la ville.

— Bonjour maître.

À peine sorti de ma bouche, ce salut timoré m'a aussitôt paru manquer de conviction et de clarté. Et comme le vieux ne bronchait pas, j'ai cru utile de le répéter, beaucoup plus fort cette fois, mais sans davantage d'effet. Après un bref moment, marqué toutefois d'une certaine pesanteur, Rochambeau a légèrement tourné la tête dans ma direction. Sans quitter des yeux l'agitation extérieure, il s'est adressé à moi avec une forme d'indifférence surjouée qui ressemblait à de l'affectation.

— Entrez, monsieur Labarthe, entrez. Pardonnez-moi, j'étais absorbé par le spectacle de la rue. Un spectacle médiocre, me direz-vous, mais que voulez-vous c'est plus fort que moi, je ne peux pas m'empêcher de regarder. C'est ainsi, la vulgarité m'attire. Pas tellement la laideur, non, mais plutôt l'ordinaire, le trivial. Les péages routiers, par exemple, ou les barres d'immeubles. La populace aux heures de pointe. Je suis tout particulièrement fasciné par les bouches de métro. Je pourrais passer des heures à observer ces gouffres béants, sortes de latrines urbaines.

Je ne me lasse pas de les voir engloutir par lampées, puis recracher en grappes, ces masses inconséquentes, toute cette matière humaine indifférenciée, c'est… C'est tout à fait hypnotisant comme phénomène, vous ne trouvez pas ?

Je me suis demandé un instant s'il s'agissait d'une question piège. Dans le doute, et n'étant pas certain non plus d'en avoir compris le sens exact, j'ai préféré ne pas répondre.

– Excusez-moi, mon jeune ami, je sens bien que je vous embarrasse. Mais comment ne pas être tenté de s'évader un peu, de s'échapper un instant, ne serait-ce que par la rêverie ? Vous l'admettrez volontiers, la réalité du monde n'est pas très belle à regarder. Asseyez-vous, je vous en prie. Sans doute l'a-t-elle toujours été, n'est-ce pas, mais on ne peut pas dire que les choses s'arrangent. Et pourtant, nous devons tous nous en accommoder, nous n'avons guère d'autres choix. J'ajouterais même qu'il est de notre devoir, chacun à notre manière et dans la mesure de nos possibilités, de contribuer à la rendre moins laide, cette réalité. Et surtout moins violente et inhumaine. Plus vivable, en somme.

Je ne m'étais jamais rendu compte à quel point son corps était noueux, tout en os et courbé, combien sa silhouette semblait cadavérique. Il portait un complet gris d'une coupe un peu datée et beaucoup trop ample, qui lui donnait une allure de notaire de campagne. La veste tombait mal, par manque d'épaules sur lesquelles reposer. Son pantalon pendait, lui aussi, et formait de larges plis sur ses cuisses de squelette.

– La tâche n'est pas aisée, croyez-moi. Et dans le domaine précis de l'exercice du droit, certains de mes confrères ne sont pas loin de penser qu'elle est devenue impossible. Il m'en coûte, et sans doute n'aurais-je pas tenu de tels propos il y a encore quelques années, mais je me dois aujourd'hui d'admettre que les conditions de notre vie en société me paraissent menacées. Il ne s'agit pas seulement d'une défiance envers la justice ou même d'un rejet plus général de l'autorité de l'État. Nous assistons à un changement de paradigme, si vous voulez mon avis. Une remise en question totale de nos valeurs, des notions fondamentales de bien et de mal, face à laquelle l'institution judiciaire elle-même s'avère chancelante.

C'est à ce moment-là que j'ai éternué, à deux reprises, en raison d'une odeur entêtante qui commençait à m'indisposer. À l'évidence, il n'avait pas lésiné sur l'eau de Cologne, dont une trace tenace sur son col de chemise témoignait d'une aspersion énergique et récente. Par ailleurs, on aurait dit que son nœud de cravate, amidonné et serré de frais, le gênait lorsqu'il avalait sa salive. Quant à sa crinière blanche, toujours plaquée en arrière, elle semblait parfaitement lisse et encore humide. En fait, tout dans son apparence indiquait qu'il venait à peine de rejoindre son cabinet. J'étais sans nul doute le premier visiteur d'une longue journée, et il était déjà en retard.

— Mais que peut la justice face à l'air du temps ? Comment lutter contre un adversaire insaisissable qui dicte son opinion par le biais des images, qui trie les victimes des bourreaux selon leurs mœurs ou leurs origines, qui consacre la rumeur d'internet en témoin de moralité ? Rien ni personne ne saurait lui résister. Et pourtant nous autres, je veux parler des hommes et des femmes de loi, nous devrions théoriquement nous inscrire dans une logique inverse. Nous ériger en rempart contre ces dérives. Car enfin nous sommes censés établir les faits, respecter les jurisprudences du passé, embrasser le doute et la nuance. Oui mais voilà, nous sommes avant tout des êtres de chair et de sang. De simples petites gens de notre temps, comme ces foules anonymes avalées par les bouches de métro. Comprenez-moi, les avocats ne sont pas...

Ne sont pas quoi ? Je ne sais pas, je ne me souviens plus. Je ne parvenais pas à le suivre, il ne s'adressait qu'à lui-même. Son discours à rallonge sonnait comme une plaidoirie, un laïus interminable. Jamais il ne posait de questions ou ne marquait la moindre pause. Tout juste s'il me regardait par instants. Les secondes s'écoulaient lentement, très lentement même, et j'avais le sentiment de me trouver dans une sorte de vide. Comme absent de moi-même. Passé un certain temps, mon esprit s'est perdu pour de bon. Loin derrière la vitre, au-dessus des toits. Tandis qu'il continuait de parler, j'oubliais d'écouter.

– … qui gangrène désormais la magistrature, mais pas seulement. Voilà pourquoi nous devons nous adapter et jouer, nous aussi, avec ces nouvelles règles. Entendons-nous bien : ce qui pourrait ressembler à du cynisme, à première vue, ne doit pas être perçu comme autre chose qu'un simple ajustement tactique. Pour parvenir à notre objectif, il nous faut malheureusement user des mêmes armes que nos adversaires.

– Excusez-moi de vous interrompre, maître. Ce n'est pas que je sois pressé, mais pourriez-vous m'expliquer pourquoi vous m'avez fait venir ?

– Mais j'y viens, mon cher ami, j'y viens. Simplement, je m'efforce de déployer mon raisonnement. Enfin, si vous le permettez, bien entendu.

– Ah, pardon. Je croyais que vous parliez tout seul.

– Allons, allons, ne soyez pas impatient. Ce que j'essaie de vous faire comprendre, c'est que dans le contexte actuel, et même si l'opinion publique nous soutient majoritairement, il n'est pas certain que toutes les conditions nécessaires, ni même les bonnes volontés, ne puissent être réunies pour que nous parvenions à la tenue d'un procès.

Au lieu de s'installer derrière son bureau, Rochambeau avait fini par s'asseoir sur la chaise destinée aux visiteurs, celle qui se trouvait juste à côté de moi. Une tactique d'avocat sans doute, afin d'instaurer une forme de proximité avec le client. C'est ainsi que je me suis aperçu, par le bâillement de sa veste, qu'il portait des bretelles pour retenir son pantalon. Mais pourquoi un type de son rang ne disposait-il pas de vêtements à sa taille ? Je me suis dit qu'il était peut-être malade au point d'avoir perdu beaucoup de poids en peu de temps. C'était plausible, étant donné sa mine livide. J'ai aussi remarqué qu'il ne s'était pas laissé aller une seule fois, durant son long monologue, à l'exploration de ses fosses nasales, ce qui, compte tenu de mes tendances nauséeuses, constituait un réel soulagement.

Le soleil inondait la pièce à présent, et je commençais à ressentir une certaine langueur. C'est à cet instant que l'avocat m'a saisi le poignet et a brusquement rapproché son visage du mien, au point de m'infliger son haleine tiède. D'un seul coup, sa voix est devenue plus lourde, presque confidentielle :

– Mon jeune ami, tout repose sur vous désormais. Nous n'avons pas d'autre choix : vous devez revenir sur vos déclarations initiales et livrer de nouveaux éléments. Des éléments qui, sans être nécessairement à charge, seraient en mesure de bouleverser la donne. Quelque chose qui puisse laisser penser que le prévenu ne serait pas complètement fou, enfin vous voyez... Vous comprenez ce que je veux dire, n'est-ce pas ?

– Je comprends très bien. Vous me demandez de mentir, vous aussi. Que je raconte aux flics que je l'ai entendu crier « *Allah Akbar* » ou « *Sales Français* », quelque chose dans ce genre. C'est bien ça que vous voulez ? Parce qu'eux aussi, c'est ce qu'ils souhaitent entendre.

– Non, non, vous n'y êtes pas. Je vous demande simplement de reconsidérer vos certitudes, de soumettre vos souvenirs à l'épreuve des faits. Écoutez-moi : le tueur ne s'est pas rendu là-bas par hasard. S'il comptait simplement tirer sur la foule, à l'aveugle, il pouvait le faire en pleine rue, dans l'enceinte d'un jardin public ou d'une galerie marchande, n'importe où. Pourquoi choisir le centre paroissial, un jour de distribution de colis alimentaires ? Allons, réfléchissez... Pourquoi ?

– Je ne sais pas.

– Eh bien, moi non plus. Mais en vous souvenant qu'il s'était déjà rendu sur place ce jour-là, un peu plus tôt dans la matinée, et qu'il avait été éconduit par l'un des bénévoles présents, au prétexte qu'il n'était pas inscrit sur la liste des bénéficiaires par exemple, vous vous rapprocheriez très probablement de la vérité. Or c'est bien ce que nous recherchons tous, n'est-ce pas, dans cette terrible affaire. La vérité.

– Ne parlez pas de vérité, alors que vous venez simplement de me raconter une histoire.

– C'est vrai, il ne s'agit que d'une histoire, à ce stade. Une hypothèse plausible, parmi d'autres. Vous avez raison. Mais dites-vous bien que, sans histoire, il n'y aura pas de procès. Et donc aucune chance de voir la vérité émerger, quelle qu'elle soit. Donnez une chance à cette histoire, cher monsieur Labarthe, et vous donnerez une chance à toute la société de connaître la vérité... Si vous ne le faites pas pour vous, pour la manifestation de la vérité, ou même pour la société en général, faites-le au moins pour Alice et pour ses parents.

— Alice se fiche de ce procès, tout autant que moi. Quant à Solange et François, je ne pense pas que ce soit leur rendre service que de les maintenir dans cette illusion de justice.

— Décidément, vous ne voulez pas comprendre. Écoutez-moi, voici comment les choses vont se dérouler si l'on ne fait rien. Le juge rendra son verdict la semaine prochaine sans doute, peut-être la suivante. L'accusé sera déclaré pénalement irresponsable. C'est ainsi, le dossier de l'expert psychiatre est en béton et le nôtre est vide. Mes clients me demanderont alors de faire appel de cette décision, puis de me pourvoir en cassation si nécessaire. Je mandaterai chaque fois de nouveaux experts, la défense en fera autant, et tous se contrediront. On tournera en rond comme cela pendant six ou sept ans, pour finalement aboutir au même verdict. Au bout de la procédure, les parents d'Alice se retrouveront perdus et à bout de forces, comme vous. Seuls face à l'abîme. Quant à moi, je dormirai déjà entre quatre planches. Voilà, si vous ne faites rien, ce qui nous attend. Permettre un procès, c'est redonner de l'espoir, un souffle de vie, à tout le monde. Il n'y a que vous qui puissiez les sauver.

— Je vais y réfléchir.

Un sourire victorieux mais teinté d'amertume s'est dessiné sur ses lèvres.

– On ne peut plus se permettre d'attendre. Appelez-moi demain matin pour que nous ayons le temps de préparer votre déposition. Au revoir, monsieur Labarthe.

Il s'est levé pour me raccompagner jusqu'à la porte, avant de me saluer une dernière fois d'une poignée de main inutilement virile. Je restais étourdi par ses paroles. La tête ailleurs, j'éprouvais un sentiment diffus de renoncement.

– Vous ne vous demandez pas comment je sais ce que pense Alice ?

J'ai eu l'impression que ce n'était pas ma voix mais celle de quelqu'un d'autre, qui de très loin, venait de poser cette question. Assis derrière son bureau, Rochambeau semblait déjà plongé dans un nouveau dossier. Le front plissé, l'air absorbé par sa lecture, il soupirait bruyamment. Quand il a levé les yeux vers moi, il paraissait avoir oublié ma présence. J'ai répété ma question, un peu embarrassé. Le passage d'un autobus a fait trembler les vitres à ce moment-là, et je n'ai entendu qu'une brève partie de sa réponse. Mais son regard disait le reste, il n'y avait pas lieu d'insister.

# 18

Je suis resté des heures à l'attendre. En vain. Encore une nuit sans sommeil, ou presque, j'ai dû m'assoupir un bref instant, au petit matin. Lorsque je me suis réveillé, je me trouvais avachi sur mon bureau, la tête enfouie entre mes bras croisés, l'écran figé sur Omniverse. Perçant les volets clos, une lumière diffuse et le tumulte de la rue m'invitaient à quitter la chambre, mais je ne parvenais pas à me relever. Les forces me manquaient et j'avais un peu envie de vomir. Je comptais me traîner, à l'aide de mon fauteuil à roulettes, jusqu'au placard à pharmacie de la salle de bains quand il m'est revenu à l'esprit que les médicaments que j'avais commandés n'arriveraient que dans une semaine. D'ici là, je ne pouvais espérer de miracle, il me faudrait tenir avec trois ou quatre cachets de Doliprane et un vieux tube de vitamine C. Le sort s'acharnait, s'évertuant à m'accabler de toutes sortes de contingences, de complications et de contretemps. À quoi bon lutter ? Je me suis laissé tomber sur le lit, résigné à tout oublier et ne rien entreprendre.

Le repos n'est pas venu. Malgré l'épuisement, je ne trouvais aucun réconfort dans ces draps froids, tristes et sans odeur. Quand on dormait ensemble, le plus souvent chez elle, je me souviens qu'Alice gardait en permanence un bras autour de moi. Comme pour éviter que je ne m'échappe durant son sommeil. Une camisole rassurante. Et lorsque j'ouvrais les yeux, il arrivait souvent que je la trouve éveillée, la tête sur l'oreiller, me couvant d'un regard pensif. C'est un peu loin maintenant, mais ça me manque. Même si je sais qu'elle est toujours présente quelque part, qu'il demeure possible de se parler, ce n'est plus pareil. J'avais besoin d'elle cette nuit et elle n'était pas là. D'abord François et maintenant Rochambeau, on me pousse à agir contre ma volonté, et je n'aime pas ça. Mina ne dit rien, mais je sais bien qu'elle pense comme eux. Que je devrais enfoncer ce type, dans mes déclarations, histoire de le forcer à parler. Il finirait par craquer devant les juges, nécessairement, ou face aux familles des victimes. Enfin, c'est ce qu'ils espèrent tous. Mais moi, je ne sais pas. Je ne sais pas quoi faire et personne ne veut m'aider. Alice reste insaisissable, Raphaëlle est déjà loin, quant à Meryem. Eh bien, Meryem. On était quoi, jeudi ? Oui, je pouvais toujours essayer. Un jour de semaine, à cette heure-ci, ça n'avait rien d'impossible. Première étape, le placard à pharmacie.

Ce n'était pas seulement un début de migraine tenace, ou même l'insoutenable moiteur de l'air qui me rendait mal à l'aise au moment de pénétrer dans le Top Shape. J'avais un étrange pressentiment, comme si une mauvaise surprise m'y attendait. Sur la devanture, rien de particulier pourtant. Enfin si, je me suis bien aperçu qu'on avait collé de nouvelles affiches, et que d'autres avaient été enlevées, mais je n'y ai pas vraiment prêté attention. C'est davantage à l'intérieur que j'ai trouvé que les choses avaient changé. La disposition des machines était différente mais surtout on n'entendait plus de musique, ce qui rendait l'ambiance étrangement sérieuse, presque pesante. Malgré un éclairage insuffisant, je me suis aussitôt rendu compte d'une fréquentation moins importante qu'à l'habitude. Pour tout dire, la dernière fois que j'avais trouvé l'endroit à ce point désert, c'était l'été dernier, un jour que la climatisation était tombée en panne. Parmi les rares clients présents, aucun visage connu. Et bien entendu, pas de Meryem.

Au fond de la salle se trouvait le grand barbu aux sourcils épilés que j'imaginais être le gérant et que Meryem m'avait présenté comme un cousin protecteur. Il avait l'air de s'ennuyer ferme et de chercher à passer le temps en conversant avec le type qui remplissait le distributeur automatique de boissons. Quand je me suis approché, il a continué de lui parler tout en me considérant du coin de l'œil. J'ai eu l'impression qu'il me dévisageait en tentant vainement de se figurer qui je pouvais bien être, et pour quelle raison j'osais venir le déranger.

— Bonjour, je cherche Meryem, Meryem Uzun. Je sais qu'elle s'entraîne souvent ici, et je suis surpris de ne pas la voir. Vous... Vous savez où elle est ?

Il a échangé un regard complice avec l'autre gars, qui me tournait le dos, avant d'esquisser un sourire et de me répondre sur un ton condescendant :

— Non, je ne sais pas. Mais j'imagine que vous n'aurez pas de mal à la trouver sur TikTok ou sur Instagram. En tout cas, vous ne la verrez plus ici, c'est certain.

— Ah bon, pourquoi ?

— Parce que la salle n'est plus mixte, tiens. Vous n'avez pas lu l'affiche à l'entrée ?

Non, je ne l'avais pas lue. En effet, il n'y avait que des hommes autour de moi, je ne m'en étais pas aperçu en entrant dans la salle. Maintenant qu'il venait de m'en faire la remarque, l'évidence me sautait aux yeux. Et je me sentais presque gêné.

— Vous êtes abonné, m'sieur ?

— Pardon ?

— Vous êtes abonné à la salle, non ? Je crois vous reconnaître.

— Oui, bien sûr. Je viens régulièrement. Enfin, moins maintenant. Mais je venais presque tous les jours à une époque. Je veux dire, avant...

— Eh bien, nous allons refaire votre carte alors. Suivez-moi, c'est l'affaire de cinq minutes... Il n'y aura plus écrit « Top Shape » dessus mais pour le reste, rassurez-vous, ça ne change rien. Le tarif ne bouge pas. Le matériel non plus, on garde les mêmes machines. Rien de neuf, je vous assure, à part quelques aménagements. Et plus tard, dans quelques mois, on ouvrira une nouvelle salle uniquement réservée aux femmes. C'est mieux pour tout le monde, vous savez. Ça évite les problèmes.

Tout en me faisant la conversation, il s'activait derrière son pupitre afin de confectionner mon nouveau badge. La manipulation prenait plus de temps que prévu à cause d'un problème d'imprimante, mais je patientais sagement en balayant la salle d'un regard flâneur. Hormis une bannière sur laquelle figuraient divers logos de boissons énergétiques, on avait enlevé toutes les affiches sur les murs. Un écran publicitaire, lui aussi, avait été discrètement retiré. Désormais, on pouvait lire « Privé » sur la porte du vestiaire des filles. Les minutes passaient. Le gérant débranchait puis rebranchait des câbles, pestant contre la vétusté de son matériel informatique. Le type du distributeur de boissons, ainsi que deux autres clients, l'avaient salué en partant, il ne restait plus grand monde. Enveloppé par une sorte de torpeur, j'entendis quelqu'un ahaner entre deux jurons, dans le fond de la salle, et je pensai à Meryem qui détestait s'entraîner à côté de gens bruyants. Au moment où il m'a tendu mon nouveau badge, je me suis demandé si j'aurais envie de revenir.

Plus je croisais de monde dans la rue et plus je me sentais seul. La chaleur devenait accablante. Je repensais à ma discussion avec François, le jour de la marche blanche, à ce rôle qu'il imaginait pour moi. Afin d'accomplir un bien si grand qu'il justifie la mort de quatre personnes, son Dieu Tout-Puissant tenait-il vraiment à ce que je mente à la justice ? Et si tel était le cas, ce serait quoi la suite ? Que devrais-je encore accomplir pour mériter qu'Il m'ait épargné ? Jusqu'où allait-on exiger de moi que je me comporte en bon soldat, en parfait exemple ? Il faudrait bien que je pleure au procès, et puis pas qu'un peu, on m'attendrait au tournant. On m'imposerait de répondre aux journalistes, de sourire aux politicards. Tant que la procédure durerait, ils ne me lâcheraient pas. Est-ce que j'étais vraiment prêt à cela ? Je ne sais pas.

Je ne sais pas et je cherche. Je me perds dans la ville, dans mes pensées. Je marche au hasard. Je me regarde marcher, il fait trop lourd pour lever la tête. Tout glisse sur moi, peut-être trop. Est-ce parce que je suis trop plein de moi-même et qu'il n'y a plus assez de place pour les autres ? Parano et narcissique, comme me juge cette salope d'Hamadi ? Tu parles, je ne pense qu'aux autres. À mon père, encore et toujours. Que ferait le Patron à ma place ? Comment décider sans lui. Sans Alice, ni Meryem, sans personne. Je l'ai déjà dit, je ne sais rien faire dans l'urgence. Agir d'instinct, au bon moment, ce n'est pas moi. Je pouvais toujours ignorer leurs injonctions, bien sûr, François, Rochambeau, le bon

Dieu et les autres, les laisser tous derrière moi. Il me suffisait de disparaître, c'était une possibilité.

Alice a raison, j'aurais dû mourir à sa place. J'aborde le sujet très calmement, car rien ne me retient plus de l'envisager. J'ai l'impression que la plupart des gens ne se font de la mort qu'une perspective lointaine, une idée abstraite qui n'obsèderait que les cancéreux ou les grabataires. Les jeunes de ma génération surtout, ceux qui ont entre vingt-cinq et trente-cinq ans, je dirais. Ils sont souvent parvenus à l'âge adulte sans jamais se représenter l'idée de la mort. Ils ont conservé autour d'eux leurs gentils papas et mamans, et même leurs grands-parents, tout leur petit monde inchangé. Alors forcément, quand la faucheuse se décide à frapper, ils se trouvent perdus, désarmés, vulnérables. Comme des enfants. Il ne s'agit pas seulement d'Alice ou de Raphaëlle, et de ces petits-bourgeois-là, ça vaut pour tout le monde. En tout cas ici, je veux dire en Europe, et certainement ailleurs. Chacun se comporte comme si l'éternité des bonnes choses et des êtres chers allait de soi, comme si toute perte était indue. Mais pas moi. Pour moi, qui sais que rien ne dure, que tout est éphémère, c'est différent. Je ne me fais pas de l'existence une vision idyllique, donc je ne risque pas de tomber de haut. Et puis, ce n'est qu'un saut, je le sais. Un saut de dimension peut-être, un saut dans l'inconnu, mais un simple saut tout de même. Rien n'a moins de sens après qu'avant.

J'y étais presque, l'autre fois. La thanatose, c'est la même odeur. Je la reconnais maintenant. Quand j'étais au sol, dans le sang, elle m'enveloppait et je l'ai respirée profondément. Parfois, au détour d'une rue, devant un quai de gare ou sur un pont enjambant le périph', il m'arrive d'en renifler le fumet, et ça me trouble. Il me semble alors qu'elle m'appelle, et il me vient comme l'envie de la rejoindre. Mes pensées s'étourdissent un instant, je sens que je m'abandonne et puis ça passe. Je reviens à moi. Son ombre s'efface discrètement, et elle se met de nouveau à m'observer à distance. Ces moments-là sont les plus intenses, j'ai l'impression. On dirait que je suis tout à fait lucide, pleinement conscient. D'ailleurs, je n'aime pas tellement lorsqu'elle s'éloigne trop loin, l'odeur de la mort, ça me file le cafard. C'est idiot, mais je ne sais pas l'expliquer autrement.

Il y a ceux qui souhaitent ignorer la mort, je l'ai dit. Des imbéciles. Et puis il y a les autres, ceux dont je fais partie désormais, qui ressentent sa présence, la voient partout. Mais sans angoisse particulière, et non pas comme une menace. Plutôt comme une option disponible, une issue de secours. Je n'ai pas l'impression qu'on soit très nombreux dans ce cas, mais comment savoir ? Peut-être que cette jeune femme, qui marche devant moi en tailleur et mocassins, en fait partie. Ou peut-être ce gamin à vélo. Difficile de se reconnaître quand on se croise, on n'a pas de code particulier. Attention, je ne parle pas des vieux, ceux qui voient le bout du tunnel se rapprocher et qui cherchent à en finir plus rapidement, non je veux parler des autres, des bien portants. On ne doit pas être très nombreux, je me dis, mais au moins on est libres.

Le plan se dessine. Il faudra bien faire les choses, et dans l'ordre, et tout le monde sera content. D'abord déposer au commissariat. J'avais oublié mais le type était passé, un peu plus tôt, et s'était fait refouler par les retraités, Jacqueline et Pierre. « *Vous n'êtes pas sur la liste, monsieur. N'insistez pas.* » Il avait répondu par des gestes menaçants avant de les insulter, dans sa langue, en partant. J'avais oublié mais ces mots m'étaient revenus subitement en mémoire, il avait même mimé un tir de revolver avec ses doigts. Et voilà. Balancer toute l'histoire, d'un seul tenant, et ne pas y revenir. Ensuite seulement, trouver la sortie. Chercher la bonne issue, la plus directe. Sauter d'un pont à Porte de Vanves, au passage d'un train. Pas si simple. Il y aura sans doute des protections, des sortes de barrières anti-suicide. Penser à prendre de l'élan et sauter loin. C'est tout. Bien sûr, il restera Mina et les chiens. Mais avec mon argent, elle aura de quoi payer quelqu'un pour s'occuper d'eux. S'occuper d'elle aussi, et ne manquer de rien.

J'arpente le boulevard Pasteur en rasant les grilles, le regard happé par les rails du métro aérien. Ça fait combien de temps que je marche ? Difficile à dire, je me suis posé sur un banc de square en fin de matinée, et je m'y suis endormi. Peut-être une heure ou deux, ou même davantage, je ne sais pas, mon portable n'a plus de batterie. Maintenant, il est tard. Bientôt, il fera nuit.

Même si la lueur du jour ne semblait pas encore le nécessiter, l'atelier était éclairé de l'intérieur lorsque j'ai pénétré dans la cour de l'immeuble. Une faible lumière, qui devait provenir de la lampe de bureau de François, suffisait à dessiner des ombres diffuses sur la grande vitre dépolie. Elle attestait surtout de la présence du maître des lieux, ce qui me rassurait un peu au moment où me venait une forme d'angoisse indéfinie, comme une peur enfantine ou simplement le trac. Je m'avançais résolument vers l'entrée, mes pas crissant sur les gravillons, quand l'éclairage a soudain cessé. Presque aussitôt, la porte s'est ouverte en grand, et j'ai eu un mouvement de recul. Tel un diable sortant de sa boîte, François se tenait debout sur le seuil, un cartable en cuir à la main, visiblement satisfait de sa journée de travail.

— Tiens donc, bonsoir Guillaume. Que me vaut le plaisir de ta visite ?

— Bonsoir François. Je... Rien de particulier, enfin si... C'est à propos du procès, enfin de mon témoignage. Ce que l'on attend de moi. J'ai vu maître Rochambeau ce matin, et j'ai beaucoup réfléchi. Je vais modifier ma déposition. Je veux un procès.

Cherchant à s'échapper de ma tête, les mots étaient sortis d'eux-mêmes, dans un ordre imprécis, mais j'ignore s'ils sonnaient juste car je ne m'entendais pas parler. Enfermé dans une sorte de sourdine, j'écoutais seulement battre mes tempes.

— C'est une grande nouvelle. Eh bien, parlons-en. Comme tu le vois, je m'apprêtais à regagner mes pénates, mais je te propose de m'accompagner, enfin si tu le veux bien. Tu pourrais même rester dîner avec nous, je sais que cela ferait plaisir à Solange. Qu'est-ce que tu en dis ?

À ces mots, je me suis souvenu de leur grand duplex dans un immeuble ancien de la rue des Plantes. De sa façade pleine de moulures et des deux petits escaliers menant au perron, que je ne m'étais plus rendu là-bas depuis la mort d'Alice. J'ai repensé aux repas de famille que l'on y prenait le dimanche. La multitude de couverts, la décoration de table, les odeurs délicates. J'ai réalisé du même coup que je n'avais rien mangé depuis le matin.

— Avec plaisir. Merci François. Il faudrait simplement que je puisse prévenir ma mère, et mon portable n'a plus de batterie. Ce soir, c'était mon tour de sortir les chiens, vous comprenez. Elle risque de s'inquiéter.

— Bien sûr, je lui envoie un message tout de suite.

De la poche de son pardessus, il a retiré un vieux téléphone à clapet. Ses yeux se sont plissés au moment de l'ouvrir. Puis, d'un geste hésitant, il a chaussé la paire de lunettes qui, retenue par un fin lacet de cuir, pendait autour de son cou. Un à un, il a entrepris de parcourir la liste de ses contacts, établie par défaut, c'est-à-dire par ordre alphabétique. Une bonne vingtaine de bips ont ainsi retenti comme un lent compte à rebours, avant qu'il n'atteigne enfin la fiche de Labarthe Anne-Marie.

# 19

– Entre, je t'en prie. Solange doit déjà s'activer en cuisine, je vais la prévenir que tu restes dîner avec nous. Elle va être enchantée de la surprise !

François a l'air excité comme un enfant le matin de Noël. Je frotte longuement mes pieds sur le paillasson avant de pénétrer dans l'appartement. On dirait que rien n'a changé ici. Les meubles n'ont pas bougé d'un pouce et chaque bibelot se trouve à la même place. Pourtant, tout me paraît différent. Le grand salon n'a plus la même chaleur, c'est curieux mais je ne sais pas comment l'expliquer. Malgré son odeur familière, mélange de cire d'abeille et de bougie parfumée, malgré sa douce luminosité et toutes ces photos d'Alice, je m'y sens étranger.

– Elle finit de préparer le dîner avec Tiphaine, elle arrive tout de suite. Au fait, j'espère que tu aimes les aubergines farcies parce qu'on dirait qu'elles en ont cuisiné pour un régiment !

– Ce sera parfait, merci François. Pendant que j'y pense,

je comptais aussi vous rendre votre livre, en passant à l'atelier. Celui que vous m'aviez prêté l'autre jour.

– Ah, tu l'as donc fini ? Alors ? C'est impressionnant, n'est-ce pas ? Et je suis persuadé que cette lecture n'est pas étrangère à l'évolution de ta réflexion. En vérité, je le sais parce qu'elle a eu le même effet révélateur sur moi. Je sortais du service militaire, je me posais mille questions et Maritain m'a ouvert les yeux.

Tandis que je retirais le bouquin de la poche de ma veste, d'où il n'était jamais sorti, le regard de François se perdit sur l'immense bibliothèque qui recouvrait intégralement deux des murs du salon.

– Tenez, j'espère que je ne l'ai pas abîmé.

– Ah, merci. Ne t'inquiète pas, les livres sont faits pour être manipulés. Mais attends un peu, je... Je cherche Bernanos, il faudrait que tu le lises, lui aussi. Il devrait se trouver par ici, en toute logique. C'est malheureux à mon âge, mais je ne sais toujours pas comment ranger les livres efficacement. Par ordre alphabétique, cela devient vite impossible à tenir à jour, et par collection, on perd la trace des auteurs. Trente ans que j'y réfléchis et je n'ai toujours pas trouvé de solution satisfaisante. Ah, le voilà. Allez, tiens : *La Liberté pour quoi faire ?* Parfait pour commencer. Que devons-nous faire de notre responsabilité d'homme libre ? Eh bien, pour résumer la pensée de Bernanos, je répondrais en quelques mots : certainement pas nous aliéner aux machines et aux choses. Je résume à grands traits, mais tu verras, il s'exprime de manière très claire, et certaines phrases te hanteront sûrement. Il m'arrive souvent de repenser à celle-ci : « Lorsqu'on prétend capituler au nom de la justice, c'est presque toujours la justice qui capitule. » Percutant, n'est-ce pas ?

Il n'avait pas cessé de parler depuis que nous avions quitté l'atelier. Quel changement. Je me suis demandé ce qui était arrivé au petit homme mutique que j'avais toujours connu. Celui dont le regard semblait absent en permanence. C'était tout juste si j'entendais le son de sa voix lorsque je traînais ici le dimanche avec Alice. Pour être honnête, il y a quelques semaines encore, je le pensais incapable de prononcer plus de trois phrases bout à bout.

– Pas cette fois, Guillaume. Grâce à toi, la justice ne capitulera pas.

– Oh, je n'en sais rien. Je ne sais même pas si on peut parler de justice dans le cas présent. Je ferai ce qu'il faut pour que vous ayez un procès, un point c'est tout. Le reste ne m'intéresse pas.

– Mais moi, ça m'intéresse ! Je veux l'entendre ce monstre. Et je veux qu'il nous regarde. Je souhaite que les jurés, les magistrats et tous ceux qui seront présents à l'audience puissent en tirer une leçon.

– Quelle leçon en tirer, s'il ne dit rien ? Si son regard est vide ? Vous savez, c'est certainement une somme de facteurs qui l'ont amené à commettre ça, je veux dire cette horreur, ce jour-là. Difficile d'imaginer ce qui a pu lui passer par la tête. Ce type a peut-être vécu la guerre et les pires atrocités avant d'arriver ici. S'il était vraiment devenu fou, en tout cas, cela n'aurait rien de surprenant.

— Décidément. C'est Pascal contre Rousseau, notre débat, nous n'en sortirons jamais. Je suis désolé, Guillaume, mais je ne crois pas que l'acte barbare qui nous a arraché Alice soit le simple aboutissement de l'errance d'un individu perverti par la société. Le mal existe en tant que tel, il ne sert à rien de le nier ou de détourner les yeux lorsqu'il vient à nous faire face. Il nous faut l'affronter. L'âme de ce monstre est certainement perdue mais nous devons l'exposer au monde, afin qu'elle serve d'exemple... Nous pouvons affronter le mal, Dieu nous en laisse la liberté et je dirais même qu'il nous en donne la responsabilité. Tu comprends ce que je veux te dire ? On ne peut pas laisser passer cela, faire comme si on ne pouvait rien. Ce n'est pas une fatalité, c'est un combat. Alice est morte pour ce combat.

— Je ne sais pas, François. Je pense simplement qu'on ne peut rien parce que rien n'a de sens.

— Oh, je vois. Tu ne crois même pas en l'individu, pas même à l'état de nature. En fin de compte, tu réduis le monde, et les êtres qui le peuplent, à un ensemble insignifiant régi par le hasard... On ne peut rien espérer du réel. Toute existence est absurde. Très bien. Finalement, tu serais plutôt Rosset que Rousseau, si j'osais la formule.

Je ne comprenais rien mais ça n'avait pas l'air de le déranger. Il se repaissait de sa propre érudition, il n'avait pas besoin de moi. Profitant d'une respiration dans son discours, je lui ai tourné le dos dans l'intention de rejoindre Solange en cuisine mais il m'a rattrapé par le bras.

— Cesse de tout relativiser, je t'en prie. Tu as entendu ce qu'a dit ce député, l'autre jour ? Celui qui a pris la parole à l'issue de la marche blanche. Son argumentaire tenait debout, c'était de bon sens. Et même de bonne volonté, me semble-t-il. Je sais bien que ce sont des politiciens et que leurs paroles n'engagent que ceux qui les croient mais j'ai le sentiment que la société est en train de bouger. Ce n'est qu'un début. Après le procès, les gens verront les choses autrement, je te le garantis.

La machine était relancée, reprenant les mêmes antiennes. Il disait « *après le procès, ceci* » ou « *après le procès, cela* » comme s'il s'agissait d'un événement qui couperait en deux le reste de son existence. Il insistait, tournait en rond. Ses mots n'étaient pas pour moi, je m'étais déjà rangé à son jugement, certes par lassitude plutôt que par conviction, mais il n'y avait plus de raison de débattre. De fait, il cherchait à se convaincre lui-même, et je le laissais parler. Passé un certain temps, il s'est interrompu, me considérant d'un air sérieux mais hésitant. Il semblait soudainement s'étonner du silence qui l'enveloppait.

— Tu ne m'écoutes pas ?

— Si, si.

— Je t'ennuie avec mes histoires, n'est-ce pas ? Bien sûr, que je t'ennuie. Tu voudrais passer à autre chose, et comme je te comprends. Tu es encore très jeune. Toute la vie devant toi. Mais en ce qui me concerne, vois-tu, il ne me reste plus que ce procès. Je n'ai rien d'autre pour me tenir debout. Et Solange c'est pareil, elle ne montre rien parce que ce n'est pas dans sa nature, mais elle ne vit que dans l'espoir de cette échéance.

À l'instant où Tiphaine est sortie de la cuisine, une bouteille d'Ice Tea Pêche à la main, j'ai soudain cru assister à une apparition. Ses cheveux étaient noués en un chignon approximatif retenu par un stylo, à la manière d'une étudiante. Elle portait le sweatshirt zippé de mon école, celui que j'avais cédé à Alice un soir pluvieux de novembre et qu'elle ne lâchait jamais durant ses périodes de révision, à l'approche des partiels. Ainsi, en une seconde, tout s'est éclairé. Tout est devenu lisible, évident, d'une logique atroce. D'une honteuse simplicité. Alertée par l'insistance de mon regard, elle s'est figée, m'a jeté un coup d'œil craintif puis s'est empressée de monter à l'étage.

J'ai patienté quelques secondes avant de la suivre afin de ne pas éveiller l'attention de François qui avait plongé le nez dans l'un de ses bouquins et semblait totalement absent. Ma lucidité succombait à un véritable tumulte émotionnel, mais rien dans mon attitude ne le laissait paraître. J'ai gravi l'escalier avec une apparente désinvolture, comme lorsque je vivais ici une partie du temps, et comme je le faisais habituellement il y a quelques semaines encore, puis j'ai toqué à la porte de sa chambre et je suis entré sans attendre de réponse. Elle se tenait assise à son petit bureau d'écolière devant sa bouteille d'Ice Tea et un vieux MacBook éteint, celui d'Alice. Elle a eu l'air troublée de me voir pénétrer dans son antre, un léger gémissement lui a même échappé. Cherchant à adopter une contenance, elle a croisé les bras et s'est mise à tirer sur une mèche de son épaisse chevelure, balayant de rapides roulements d'yeux chacun des recoins de la mansarde. Je n'ai pas parlé. Je me suis assis sur son lit et je l'ai regardée rougir et se décomposer. Mes idées se bousculaient, je ne savais pas quoi lui dire. Je crois que j'espérais qu'elle aborde le sujet la première mais elle persistait à se taire. Enfermé dans ce silence étouffant, je me suis mis à penser à voix haute :

– Comment est-ce que... Je veux dire, pour Tinder et le rendez-vous au Starbucks.

D'un mouvement de menton, elle a désigné l'ordinateur juste à côté d'elle sur le bureau, avant de marmonner quelque chose d'incompréhensible : « *stédinsjrnal...* »

– Pardon ? Parle plus fort, je n'ai rien compris.

– C'était dans son journal. Le document était resté ouvert, j'ai même pas fouillé.

– Et tu n'as pas honte ? Qu'est-ce que diraient tes parents s'ils savaient que...

– Ils diraient rien, ils s'en foutent mes parents.

– Arrête ! Ne parle pas comme ça.

– Si, ils s'en foutent. Ma mère, elle passe son temps sur

ce putain de procès et mon père, lui, il ne s'occupe que de ses vieux bouquins. Il me saoule, lui, c'est grave. D'ailleurs, je ne lui parle même plus.

— Eh bien, je pense que tu devrais lui parler au contraire.

— Pourquoi ?

— Comment ça, pourquoi ? Parce que c'est ton père, tiens. Parce qu'il peut te comprendre. Parce qu'il t'aime et qu'il se sent seul, lui aussi. Tu sais, c'est précieux un père dans la vie. Tu n'en as pas douze que je sache ?

— Bah non, heureusement.

— Tu es une petite idiote. Écoute Tiphaine, maintenant ce n'est peut-être pas le meilleur moment, on va bientôt dîner, mais promets-moi de lui parler ce soir. Attends que je sois parti si tu préfères, mais parle-lui. Ou sinon c'est moi qui vais devoir le faire à ta place, et tu risques de ne pas apprécier ce que je vais lui raconter.

— Tu peux y aller, je m'en fous. Il va rien me dire. Il va juste se mettre à chialer, il pleure pour un rien. Après, il ira se cacher dans son atelier là-bas, pendant trois jours, et puis voilà. Qu'est-ce ce que tu veux que ça me foute ?

— Si c'est bien le cas, c'est dramatique. Je ne sais plus quoi te dire. Essaie avec ta mère, si tu te sens plus à l'aise pour te confier à elle. Peut-être qu'en tant que femme, elle pourra mieux comprendre ce qui te pousse à traîner sur Omniverse la nuit, à vouloir jouer le rôle de ta sœur de cette manière. Parce que... Parce que c'est dingue, franchement... Même l'Ice Tea Pêche.

– Bah quoi ? J'ai toujours aimé ça.

– Ne me prends pas pour un idiot, s'il te plaît. Il y a encore deux mois, tu buvais du lait dans une tasse Winnie, comme une gamine.

À ce moment-là, elle s'est mise à pleurer. Je ne savais pas quoi faire. Ses larmes et ses gémissements, loin de me convaincre, me donnaient plutôt envie de la gifler. Et puis, je ne parvenais pas à réfléchir avec ce papier peint oppressant et ses 288 têtes de chatons qui m'observaient – je les ai comptées : six en hauteur, 52 en largeur, donc 312, moins 34 pour la place de la porte et de la fenêtre, ça faisait bien 288 – au point que j'ai fini par lui crier de se taire pour ne plus l'entendre pleurnicher. C'est alors que François, alerté par le vacarme, a déboulé dans la chambre tel un chien de garde.

– Ça va, ma fille ? Qu'est-ce que tu fais ici, toi ?

– Moi je ne fais rien de mal, mais Tiphaine va tout vous expliquer. Allez, vas-y ! Raconte à ton père ce que tu fais la nuit, dans ta chambre. Allez, dis-le-lui. Tu ne veux pas ? D'accord, eh bien je vais m'en charger alors. Voilà François, votre fille se fait passer pour sa sœur dans le métavers. Et ça fait des semaines que ça dure ! Elle imite son apparence et fouille dans son journal intime pour connaître ses moindres secrets afin de mieux tenir son rôle. Même à moi, elle m'a fait le coup. Et le pire, c'est que j'ai failli me foutre en l'air à cause d'elle ! Parce que je pensais que c'était vraiment à Alice que je parlais. Parce que je m'imaginais que j'allais la retrouver là-bas, quand je serai mort. Vas-y, petite menteuse, raconte un peu à ton père comment tu jouais la comédie ! Comment tu t'habillais, tes petites manières et le reste, tout ça pour me faire marcher. Allez vas-y, parle !

– Laisse la tranquille.

– Quoi ? Vous ne me croyez pas ? C'est une vraie mythomane, je vous jure. Jamais vu ça. Une usurpatrice de première.

– Et toi, Guillaume ? Hein ? Qu'est-ce que tu fiches sur internet, le jour comme la nuit ? Tu ne travailles pas, tu n'étudies pas. Tu ne fais que fuir, voilà ce que tu fais. Et maintenant, tu voudrais me faire croire que tu comptais te suicider à cause de ma fille ? Allons, allons... Tu n'as le courage de rien. Ni de vivre, ni de mourir. Tiphaine n'est qu'une ado, une gamine bouleversée par le décès de sa sœur, et elle réagit comme elle peut. Mais toi ? Toi, à presque trente ans, tu refuses encore de te comporter comme un adulte. De faire ce qui est juste et courageux : accepter la mort d'Alice et affronter ton deuil comme tout le monde. Comme nous, avec nous.

– Ah ben, c'est la meilleure celle-là. Parce que vous, vous ne fuyez pas la réalité peut-être ? Avec votre obsession de traîner ce taré en justice ? Avant de me faire la leçon, commencez déjà par admettre que rien ne vous ramènera votre fille. Rien, vous m'entendez ? Ni un procès, ni vos putains de prières !

François m'a fixé un moment, sans rien dire. Son regard était froid, sombre, totalement détaché de tout sentiment. Il pesait lourd, ce regard, et m'atteignait plus durement encore que tout le reste.

– Tu ne comprends rien. Je ne veux pas qu'on me rende ma fille, Guillaume, je désire simplement qu'on lui rende justice. Que son sacrifice ne demeure pas vain, et surtout qu'on ne l'oublie pas. Maintenant, va-t'en s'il te plaît.

Je sentais venir le vertige. Le sang me sifflait aux oreilles. Mes paupières étaient gonflées de larmes qui ne voulaient pas couler, je voyais flou. Je sais que j'ai bousculé François, de l'épaule, en cherchant à m'enfuir. Et après, je ne sais pas. Plus rien. Seules quelques images me restent, comme celle du visage interdit de Solange, en bas de l'escalier. Un bruit aussi, celui de la lourde porte en bois massif qui claque dans mon dos. C'est tout. J'ignore ce qui s'est passé ensuite, une fois dehors. Je ne me souviens plus comment je suis rentré chez moi.

## 20

Le lendemain, je n'ai rien fait. De ça, je me souviens bien. J'ai longtemps attendu que la matinée se termine. Puis je me suis levé pour me mettre à table, par simple habitude, sans adresser le moindre mot à Mina. Passé le déjeuner, je suis resté dans ma chambre, apathique, somnolent. Même pas pensif. Ensuite le soir est venu, et puis la nuit, et puis voilà, c'était fini. Pareil le jour suivant, comme celui d'après, et quelques autres encore. Sans bouger, je percevais tout de même que le monde était en train de changer, que le vide se faisait autour de moi. C'était réconfortant. Je regardais passer mes journées comme on voit défiler les paysages par la vitre du train; des journées vides, dont on se demande à quoi on a pu en employer les heures. Il n'y avait plus rien à attendre ou à espérer. Rien. Et rien, c'était tout ce que je souhaitais faire désormais. Je comptais me retirer du monde, de manière imperceptible, m'effacer sans un bruit. Me dissoudre lentement dans un ennui sourd et profond. J'espérais qu'on m'oublie, voilà tout. Mais une fois encore, il a fallu que Mina vienne tout gâcher.

C'est arrivé le mois dernier, au début des grosses chaleurs. Je venais de me coucher, il devait être minuit passé. Je me sentais épuisé mais je ne parvenais pas à m'endormir malgré les médicaments. La nuit était molle, pesante, presque irrespirable. Soudain, j'ai entendu comme un bruit sourd et violent, comme si un meuble imposant venait de tomber. J'ai pensé que c'étaient les chiens ou peut-être le voisin du dessus, ou même la chute d'un objet quelconque dans la cour de l'immeuble, enfin je n'ai pensé à rien de précis. Quelques instants plus tard, Gamelle est venue gratter à ma porte, elle gémissait de manière inhabituelle, et j'ai trouvé ça bizarre. Alors je me suis levé et j'ai vu la lumière allumée au bout du couloir, c'est là que j'ai compris que Mina venait de faire un malaise. Elle était assise par terre contre le mur des toilettes, les coudes sur les genoux, se cachant le visage entre les mains. Elle pleurait. J'ai tout de suite remarqué qu'elle s'était pissée dessus, de peur sans doute. Sa chemise de nuit trempait dans l'urine, et comme les chiens avaient marché dedans, il y en avait partout. Des images me revenaient subitement en tête et j'ai cru que j'allais me trouver mal à mon tour. En assurant mes pas, je me suis avancé vers elle. Je lui ai demandé si elle souffrait et si je devais appeler les pompiers mais elle disait que non, ou plutôt elle ne disait rien, elle ne répondait que par des hochements de tête. À l'évidence, elle n'osait pas me regarder. Je pense qu'elle avait honte de la situation, et moi aussi j'avais honte pour elle. Alors, je l'ai soulevée à bout de bras et je l'ai emmenée jusqu'à son lit. Je l'ai couchée comme elle était, sans la changer. Il aurait certainement fallu lui retirer ses vêtements mais je ne pouvais pas, rien que d'y penser c'était impossible. Autour de nous, les chiens s'agitaient, ils sentaient bien que quelque chose n'allait pas. Du fait de l'odeur sans doute, ça empestait jusque dans l'entrée. J'ai bien essayé de nettoyer, en attendant l'arrivée du docteur – avec une bassine d'eau froide et du produit vaisselle, c'est tout ce que j'ai trouvé – mais plus je frottais plus ça moussait. Partout le sol devenait collant, j'avais le jogging trempé. J'ai eu envie de chialer moi aussi, plusieurs fois. De colère et d'humiliation. De me retrouver à quatre pattes, en train de faire ça. SOS Médecins n'est arrivé qu'une heure plus tard. C'était un jeune homme qui devait avoir mon âge et me ressemblait un peu. Assez fin, la même carrure ou presque. Comme moi, il avait le visage fermé et marqué par la fatigue, mais certainement pour d'autres raisons. Il a ausculté Mina de manière assez sommaire, puis ils ont longuement parlé de son traitement. Le sujet semblait sérieux. De ce que j'ai compris, il s'agissait de produits potentiellement dangereux et générateurs de lourds effets secondaires. Elle s'en plaignait souvent, je le reconnais, mais comme de tant d'autres choses et, de fait, je ne m'en étais jamais préoccupé. Avant de partir, il a griffonné une note illisible à l'attention du cardiologue et nous a demandé de la lui transmettre sans délai. Et voilà, c'est ainsi qu'a été décidée, et programmée au plus tôt, l'opération de Mina.

Du jour au lendemain, tout m'est retombé dessus. Évidemment, qui d'autre ? Comme elle n'est plus censée accomplir le moindre effort physique jusqu'à l'opération, il faut dorénavant que je me charge des courses, que je descende régulièrement à la pharmacie et que je m'occupe des chiens. Que je passe l'aspirateur aussi, tous les matins. Bref, un quotidien d'aide-soignant ou de femme de ménage. Un véritable enfer. Je repense souvent à Omar, qui s'était occupé de moi aux urgences de l'hôpital, et à sa joie de vivre inaltérable. Avec le recul, ça me paraît surhumain comme comportement. Certes, depuis que je me retrouve forcé d'entretenir la maison, il me semble que les migraines et les vertiges se font plus rares. Peut-être l'effet des médicaments, mais peut-être aussi que j'y pense moins. Il n'empêche que cette situation ne peut pas durer, et que c'est l'une des raisons pour lesquelles je me suis remis à jouer. Oh, j'ai repris à un niveau très faible, bien sûr, celui d'un gamer du dimanche, mais on dirait que c'est comme le vélo, que ça ne s'oublie pas. Les sensations sont vite revenues. Il y a eu quelques belles parties ; je les ai toutes gagnées. Je comptais en profiter pour reprendre contact avec mes anciens coéquipiers, mais je n'ai reçu aucun signe de leur part. Pas un appel, ni le moindre message, rien. Le seul qui m'ait répondu c'est Goran, mon ancien ailier. Un Croate au côté duquel j'avais remporté mes premières compétitions européennes. Comme moi, il a pris sa retraite du milieu du jeu vidéo professionnel. Si j'ai bien compris, il s'est reconverti dans la pisciculture.

Je sais pertinemment que Mina n'apprécie pas cette activité, mais je lui ai fait comprendre que si j'avais repris c'était pour elle. Qu'il s'agissait avant tout de gagner un peu d'argent, assez pour nous faire aider à l'appartement. Du reste, j'ai été clair avec elle : je l'ai prévenue qu'à son retour de l'hôpital, je ne comptais plus m'occuper des tâches ménagères. Elle n'a rien répondu sur le moment, mais elle a paru m'entendre et même partager mon point de vue. Évidemment, je me suis bien gardé d'entrer dans les détails. Elle ignore tout de ma fortune, ce qui m'évite de devoir lui expliquer que je n'ai pas envie qu'on y touche. Et puis, je prévois simplement de me remettre au coaching, c'est ce que je lui ai annoncé en tout cas. Entraîner des débutants, pas plus de trois ou quatre heures par jour. Ce n'est pas grand-chose, mais ça devrait suffire pour payer le salaire d'une auxiliaire de vie, du moins je l'espère car je ne sais rien faire d'autre.

À l'occasion du soixante-quinzième anniversaire du Patron, je suis allé lui rendre visite ce matin. Disons plutôt que j'ai accompagné Mina, puisqu'elle ne peut plus se déplacer seule désormais. C'était la première fois que je retournais à Villemomble depuis au moins dix ans. En traversant la ville, il m'a semblé qu'elle avait un peu vieilli, que tout avait vieilli. Les façades, les voitures, même les gens dans la rue. Une fois arrivés, j'ai dû demander au taxi de nous attendre. D'ordinaire, je n'aime pas payer pour rien mais Mina a insisté pour que je le retienne, elle m'a assuré qu'on n'en aurait pas pour très longtemps. Ils ont agrandi le cimetière récemment et on a vite fait de s'y perdre. Il n'y a plus un seul arbre et toutes les allées se ressemblent. Je pense que si j'étais venu tout seul, je n'aurais jamais su retrouver le caveau. Prétextant un risque d'orage annoncé par la météo, Mina avait emporté son parapluie et s'en servait comme d'une canne pour cheminer dans les allées. Elle s'appuyait dessus pour nettoyer les plaques funéraires et redisposer les pots de fleurs sans jamais solliciter mon aide. Je pensais à mon père là-dessous. Il devait enrager de la voir s'agiter ainsi autour de nous, incapable de se ménager, de maîtriser ses gestes, ou même de se recueillir, ne serait-ce qu'un instant. Il me semblait l'entendre la sermonner, lui crier de réfréner un peu ses pulsions de femme d'intérieur, qu'il se fichait bien d'avoir la tombe la plus propre du cimetière.

— On y va ?

Mina venait de se retourner vers moi après avoir exécuté un rapide signe de croix. D'un revers de main, machinalement, comme on se recoiffe. Elle me fixait de ses yeux clairs qui n'exprimaient rien, si ce n'est une certaine impatience. Combien de fois était-elle venue ici, sans moi, répéter le même cérémonial jusqu'à lui retirer le moindre sens, le vider de toute émotion ? Cent fois au moins, certainement davantage. C'est à ce moment-là que j'ai compris que, contrairement à elle, je n'avais jamais fait mon deuil, comme disent les gens, mais que c'était plutôt mon deuil qui m'avait fait. On a marché, sans un mot, jusqu'au taxi. Quelques gouttes éparses commençaient à frapper le sol, l'imminence de l'orage ne faisait aucun doute. Sur le chemin du retour, la tête contre la vitre, j'ai repensé à mon père, à ses absences inexpliquées et à nos occasions manquées. Le bruit de la pluie sur le toit de la voiture couvrait le murmure de mes lamentations. Assise à côté de moi, Mina dormait comme un enfant.

Il n'y aura pas de procès. La décision du juge est tombée, comme une bombe dans le désert. En l'absence d'éléments convaincants « de nature à remettre en cause l'expertise psychologique », et compte tenu du fait que « rien ne permet de déterminer le caractère terroriste » de l'attaque, la justice préfère s'en tenir là. C'est le procureur de la République qui l'a annoncé à la presse hier soir. Les familles des victimes se sont dites dévastées, faisant part de leur étonnement et de leur colère dans un court communiqué. Maintenant, elles entendaient interpeller le Parquet pour qu'il fasse appel de cette décision, mais également porter plainte contre la mairie de Paris ou peut-être même la préfecture de Police, je ne sais plus exactement, pour avoir failli à leurs prérogatives de sécurité dans le cadre de leur mission de service public, enfin quelque chose de ce genre. Comme je l'imaginais, elles exigeraient un procès à tout prix, chercheraient quelqu'un à blâmer, coûte que coûte. C'était un peu triste mais je les comprenais. Elles voulaient continuer à pleurer et à parler des victimes devant un public qui les écoute, une manière de faire perdurer leur ombre encore quelque temps. J'ai pensé à Solange et François, dont je demeurais sans nouvelles depuis notre séparation, enfin je veux dire depuis ce qui s'est passé avec Tiphaine, la dernière fois.

C'est Rochambeau qui est venu nous informer officiellement de l'ordonnance du juge, il n'était pas loin de midi, on venait de rentrer du cimetière. Bien qu'elle ne nous ait nullement surpris, le vieux juriste avait l'air soucieux de nous détailler les contours de cette décision, d'en étudier précisément les ressorts et d'en prédire les conséquences. Il nous a même invités, Mina et moi, au restaurant, d'une façon qui pouvait signifier que, pour ce qui concernait la famille Labarthe tout au moins, la partie était désormais terminée. Il paraissait sincère dans sa démarche, sans regret ni acrimonie envers moi. Il tenait visiblement à faire les choses comme il se doit, comme un bon commerçant vous raccompagne jusqu'à la sortie de sa boutique.

Pour éviter de faire marcher Mina, j'ai proposé le coréen qui se trouvait juste au bout de la rue. Rochambeau n'a rien dit, tout semblait lui convenir du moment qu'on ne traînait pas, car enfin c'était infernal de circuler sur le périph' et il se devait d'être de retour dans son cabinet à quatorze heures pétantes. On a parcouru les cent mètres qui nous séparaient du restaurant sous une chaleur accablante. Derrière moi, les anciens se traînaient péniblement, m'obligeant à de fréquents arrêts pour les attendre. De longs nuages courraient au loin avec d'étranges couleurs de papier brûlé. Je courbais la tête sous le poids du ciel et de cette canicule arrogante, se comportant chaque jour comme si elle avait toujours été là et donnant l'impression qu'elle ne partirait jamais. Pas de trafic ou presque, personne dans la rue. On aurait dit que la ville suffoquait en silence. Accroché au bras de Rochambeau, Mina se plaignait.

Dans la petite salle climatisée, les vieux ont vite retrouvé des couleurs. Rochambeau a d'abord ouvert son col de chemise avant de se retrousser les manches et d'ironiser sur la décoration. Il semblait à son aise et d'humeur étonnamment enjouée. Mina gloussait de concert et lui donnait du « maître » à tout bout de champ, on aurait dit qu'elle cherchait à le séduire, enfin c'était plutôt gênant comme situation. Le serveur ayant pris notre commande, la discussion a soudain changé de ton. La mine grave, Rochambeau nous rappelait la raison d'être de ce déjeuner improvisé et on revit surgir l'avocat aguerri, sentencieux et condescendant, nous faisant l'article de la décision du magistrat instructeur sans jamais nous épargner son charabia juridique.

— Est-ce que vous comprenez bien ce que cela signifie ? Si le Parquet ne fait pas appel de cette décision, c'est terminé, au moins pénalement. Sauf si les poursuites contre l'État ou la mairie de Paris aboutissent un jour, ce dont je doute, il n'y aura pas de dédommagement pour le préjudice que vous avez subi. Pas de réparation pour les atteintes physiques et psychologiques qui vous ont été portées... Est-ce que c'est bien clair pour vous ?

— Oh oui maître, parfaitement clair. Vous savez, Guillaume est très fatigué et il souhaite tourner la page. Quant à moi, je suis confrontée à de graves soucis de santé qui ne me permettraient plus de supporter un procès. C'est terrible à admettre mais il vaut peut-être mieux pour nous que tout s'arrête ainsi.

J'ai failli lui hurler de la fermer mais je me suis contenté de le penser. Non mais franchement, qu'est-ce que ça voulait dire ? Est-ce que c'était à elle qu'on avait posé la question ? Non ? Alors qu'elle se taise ! Qu'elle arrête de vouloir constamment se mettre en avant et chercher à se faire plaindre. Je n'ai rien ajouté car il n'y avait pas grand-chose à dire et puis, au regard que j'ai lancé à Mina, Rochambeau a vite compris qu'il valait mieux ne pas s'attarder sur le sujet. Sans citer de nom, il nous a alors livré le point de vue des autres familles. Je comprenais à demi-mot que Solange et François iraient jusqu'au bout, jusqu'au dernier espoir de la dernière procédure, qu'il s'agissait pour eux d'une croisade existentielle et irrationnelle dans laquelle ils s'engageraient à fonds perdu. Concernant le traitement réservé au meurtrier d'Alice, l'avocat connaissait déjà la suite. La règle, dans ce type de cas, c'était l'internement. Une hospitalisation psychiatrique, assortie de mesures de sûreté, pendant une durée de quinze à vingt ans. En outre, comme il s'agissait d'un étranger, il aurait certainement droit à une procédure d'expulsion, là aussi on ne manquait pas de jurisprudence. Pour le reste, le vieux ne souhaitait pas que nous nous fassions trop d'illusions sur l'aboutissement de ces diverses mesures disciplinaires. Elles seraient longues, jonchées de dispenses et de recours en tous genres et, au bout du compte, s'avéreraient essentiellement inapplicables.

À ce sujet, et comme Rochambeau semblait se passionner pour le sort de ce fou, je lui ai demandé si ce n'était pas incohérent de lui signifier à la fois une obligation de soins et celle de quitter le territoire et il m'a répondu que c'était comme ça en France, qu'on ne savait pas faire autrement. Selon lui, il y avait tout de même peu de chances de voir ce type récidiver mais on n'était jamais sûr de rien.

— Nous venons d'assister à un dénouement absurde et particulièrement cruel pour les familles des victimes, je le reconnais. Malheureusement, c'était prévisible. Nous touchons aux limites de l'État de droit, a conclu l'avocat.

Mina s'est mise à me caresser les cheveux, juste en haut de la nuque, comme quand j'étais petit. Je n'ai plus prononcé un mot. Il m'a semblé que c'était pour Solange et François que c'était le plus terrible. Ils devaient avoir le sentiment que personne ne voulait leur rendre l'honneur de leur fille, leur dire qu'elle n'était pas morte sans raison mais qu'elle avait été la victime d'une guerre de religions, ou de civilisations, enfin d'un truc majeur qui nous dépasserait tous. Quelque chose d'universel qui rendrait leur peine un peu moins intime, moins insensée surtout. J'ai repensé à la mort de mon père et à quel point je n'en avais rien retiré. La finitude, le manque, l'injustice, pendant des jours j'avais retourné ça, dans tous les sens, je me souviens. Et puis, j'avais compris qu'il n'y avait rien à comprendre.

Une fois rentrés chez nous, j'ai proposé à Mina de l'aider à préparer ses affaires pour le lendemain. Elle n'en avait pas besoin, son sac était déjà prêt depuis plusieurs jours, mais je souhaitais tout de même la rassurer, lui souligner que je n'avais pas oublié. Puis je me suis enfermé dans ma chambre et j'ai enchaîné les parties de LoL avec des inconnus. Il n'était pas question de coaching, je jouais sans autre raison que celle de m'occuper l'esprit. Penser à autre chose. Ne penser à rien, surtout. Dans la vie, ça fait longtemps que je ne me fais plus d'illusions. Et sans illusions, il ne reste plus que la vie, c'est-à-dire peu de choses. Le temps qu'il fait et celui qui passe. Des amas de cellules en décomposition. Alors je m'évade, oui. Je fuis, comme dit François. Loin du commun et des mortels. Là où tout n'est qu'illusion.

***

Bientôt trois heures du matin. Les yeux me brûlent et je me sens vidé.

Je suis resté longtemps devant la maison, j'ai même fait un tour au cimetière. Au parc aussi, celui de la mairie, je sais qu'il aimait bien cet endroit. Mais rien. Ni à Villemomble, ni ailleurs. Je ne sais plus où le chercher.

Allez, je tente un dernier passage devant la maison et j'arrête.

Allez, s'il te plaît. S'il te plaît, montre-toi. C'est maintenant que j'en ai besoin.

Fais-moi au moins un signe, quelque chose, je ne sais pas. C'est demain qu'on opère Mina et je ne suis pas prêt. Je ne pourrai pas, je te jure.

Je ne veux pas y aller, Papa. Je t'en prie, ne me laisse pas seul.

S'il te plaît... Je suis mort de peur.

[Quit]

## Du même auteur

*Attrition*, Aethalides, 2021

•

*Un vent les pousse*, Accro Éditions, 2023

## Dans la même collection

*La Conseillère*,
Stéphanie Tisserond, 2019

•

*Rue des Boulets*,
Zoé Viot, 2020

•

*Le Club des aquarêveurs*,
Valère-Marie Marchand, 2021

•

*Claire et les ombres*,
Violaine Gelly et Bernard-Élie Torgemen, 2021

•

*Et maintenant, voici venir un long hiver...*,
Thomas Morales, 2022

•

*Les Cloîtrés d'Aurillac*,
Martine Roffinella, 2022

•

*Les Beaux Jours*,
Fabrice Pataut, 2022

•

*Dans la cour*,
Jérôme Rebotier, 2023

*La Forêt de Tronçais*,
Zoé Viot, 2023

*Monsieur Nostalgie*,
Thomas Morales, 2023

•

*Oh, les filles !*,
Philippe Lacoche, 2023

•

*Fourbi*,
Christian Laborde, 2024

•

*Chartreuse*,
Bernard Leconte, 2024

•

*La Famille Finkiel*,
Olivier Cogne, 2024

•

*Les Bouquinistes*,
Thomas Morales, 2024

•

*L'Épaisseur du trait*,
Renaud Czarnes, 2024

•

*Spleen au lavomatic*,
Valère-Marie Marchand, 2024

Héliopoles

22, rue des Taillandiers 75011 Paris
www.heliopoles.fr



1re édition— 23 € TTC

ISBN 978-2-37985-109-4

Imprimé en France par Cogetefi
Dépôt légal – janvier 2025

IMPRIM'VERT®

Les papiers utilisés pour cet ouvrage
proviennent de forêts durablement gérées